LOCUS

LOCUS

LOCUS

LOCUS

南極企鵝與我的對話

韓以茜 著

catch 25
南極企鵝與我的對話

韓以茜／著（文・圖）

責任編輯：韓秀玫　美術編輯：何萍萍
法律顧問：全理法律事務所董安丹律師
出版者：大塊文化出版股份有限公司
台北市 105 南京東路四段 25 號 11 樓
讀者服務專線： 080-006689
TEL ：(02) 87123898　FAX ：(02) 87123897
郵撥帳號： 18955675　戶名：大塊文化出版股份有限公司
e-mail:locus@locus.com.tw
行政院新聞局局版北市業字第 706 號

總經銷：北城圖書有限公司
地址：台北縣三重市大智路 139 號
TEL ：(02) 29818089 (代表號)　FAX ：(02) 29883028 9813049
製版：源耕印刷事業有限公司
初版一刷： 2000 年 6 月
定價：新台幣 150 元
ISBN 957-0316-15-2

Printed in Taiwan

目錄

南極企鵝序曲。夜晚想到的事。

說出來或許不會有人相信，但確實真的是的的確確就發生在現實生活——我的現實生活。

是甚麼時候的事？當企鵝第一次出現在我書桌前。牠那一襲潔淨皓皚的絨毛，彩虹般的七彩冠羽，以及智者般睿哲神態。每至月昇，這記憶便如月般浮現，恍若牠仍舊在角落裡發出呼哩哩嚕嘎的聲音。

無論多鮮明多深刻的記憶，都逃不過歲月洗劫。時間久了，回憶自然性地崩解成一塊塊細碎，爲時間之河流推向未知的國度，再也找不回來。

我所要說的，關於南極企鵝和我的故事，趁著記憶的碎片還未遺落消失殆盡前，若不介意就請聽聽吧。務必。

Nenenthes
N THE
small
DESOLATE
ISLAN

南極企鵝與我的對話Ⅰ。寂寞，呼哩哩嚕嘎。

沒注意，懸吊在檯燈上的企鵝正看著我。有多久？或許只是幾分鐘，也可能已經數個鐘頭，反正當我發現時就已經是凝視著我的了。

也沒太搭理牠，雖然我已經注意到牠凝視的神情。牠那「要想說些甚麼」似的眼睛開始有些閃爍。

「喂」企鵝對著我喊。我佯裝未聞未見，頭也不抬地一副忙碌的模樣。

「喂 喂 喂」企鵝又喊。似乎已被牠查覺我知道牠在那兒。不妙，我心裡想。稍停了一下手，望去的眼神問道「甚麼」，隨即皺起眉頭——一般來說，識趣者便會知道這是不耐煩的警訊而摸摸鼻子轉身離開。

但這卻對企鵝不管用。

「喂 你呀在做甚麼 你呀做甚麼」

「——」我保持著沉默。

「喂 你呀 喂喂 你呀做甚麼 你呀做甚麼」

「——」我依然保持沉默，兀自作稿。

「喂 你呀在做甚麼 你呀做甚麼 做甚麼在 做甚麼」

企鵝不厭其煩的追問。「沒看到嗎，在工作呀。」我頭也沒回的說道。企鵝就這麼沒完沒了的下去了。心裡雖然明白，這樣對牠有所回應，可能會因此糾纏不清下去。但……也成了沒辦法的事了。反正盡可能的不要與企鵝發生沒必要的瓜葛就是了。

「工作 工作是甚麼 甚麼工作 工作」

「就是一堆寫呀畫呀的事啊。」我說，仍未回頭。

企鵝也沒再囉哩囉嗦地接下去，兩隻如綠豆大小的眼睛直盯著我瞧。感覺自己變成透明體似，甚麼胃呀、心臟啊、大腸小腸肝膽膀胱都被看得一清二楚。這樣被凝視實在令人全身不自在，與其如此，倒不如被企鵝囉哩巴嗦個沒完沒了來得好些。

牠的安靜維持不到三分鐘。果然還是企鵝，我心裡想，沒完沒了的本性終究是會令牠吐出話來：「工作 工作 工作你愛你 工作嗎 工作嗎」

「嗯」我說。

「雖然愛雖然　雖然工作工作但你看起來很是寂寞　很寂寞噢」企鵝呼嚕一次說完後嘆了口氣。

「我很忙，沒空去想寂寞的事。」我斜睨企鵝。

發現牠綠豆般的眼中閃現著黯淡的光，明明滅滅。

「你雖然工作　工作但看起來很寂寞噢」企鵝又重複道。

「不是說了嗎，我忙得沒能去想寂寞的事，又怎麼寂寞呢？」我不耐煩的說。

「寂寞這種事　這種事不需要去想　去想自然會存在　會存在該存在的自然就存在那裡　存在那裡了」

企鵝說話沒甚麼標點符號，我有點兒不太能習慣。

「我已經是忙得一塌糊塗的了，根本也沒時間寂寞。」我沒好氣地說，「再兩天就要截稿，哪來閒工夫想那些有的沒有的。我連洗澡或小解一下都成了奢侈浪費的事了，更遑論要花時間去想甚麼寂寞不寂寞的無聊事兒了。」雖然比起被企鵝無禮的凝視，我寧可牠像這樣沒完沒了的。但這樣地被煩擾也實在夠折磨人的了。

「你在逃避寂寞　逃避寂寞嗎」企鵝又接著說。我沒答腔。牠繼續說著：「這麼做對你而言是多此一舉　多此一舉的無聊舉動哦因為　因為寂寞　根本已經是　已經如同你身體裡的紅血球一樣　一樣紅血球　一樣不只是單純的存在噢也因為你一直置之不理　不理逃避它　逃避它　所以它已經變成你身體的一部份　一部份噢」牠一口氣說完便背了過去，嘴裡嚼動著並發出呼哩哩嚕嘎的聲音。

「我管你甚麼紅血球、甚麼寂寞！甚麼跟甚麼！拜託，別再瞎鬧煩擾我工作了可以嗎？」我叫道，不過耐煩已化爲憤怒。但企鵝卻沒再說甚麼，仍然背向著我呼哩哩嚕嘎呼哩哩嚕嘎地咀嚼著。

呼哩哩嚕嘎的聲音越來越大，幾乎一個呼哩哩嚕嘎就佔滿一整個空間。

「欸！你停一停好嗎？你這麼吵我怎麼工作。」

如果非得你要出這聲音，那麻煩你去別處，別杵在這兒攪擾我工作。」

「呼哩哩嚕嘎　呼哩哩嚕嘎　呼嚕——」企鵝兀自躲往角落去了。

*****　*****

「呼哩哩嚕嘎呼嚕　呼哩哩嚕嘎呼嚕——」企鵝縮在角落裡發著難聽的聲音，聽得明白是吸進去而不是吐出來。

「喂，你還好吧？」不知爲何，我竟開始擔心起企鵝來。

「甚麼　甚麼噢我　噢我還好還好　還好沒事」背對著我回答道。嘴中持續嚼著像發病似的怪聲。

「可你的聲音聽起來不像沒事的模樣。」我說，

「我可不希望家裡有甚麼不吉利的事發生。」這話一半出自於關心，一半則由於私心。當然，對企鵝也不必太客氣。我心裡想。

「沒事我　沒事　沒事放心你　放心如果真的病了我　病了或死掉甚麼的我會　我會自己找一個沒人發現　沒人發現的地方躲著死去　躲著你放心」企鵝似乎看穿我心裡的想法，「呼哩哩嚕嘎呼哩哩嚕嘎呼嚕——」

企鵝的怪病似乎越來越嚴重，呼哩哩嚕嘎的怪聲更也越來越大。

「喂，臭鵝！別大聲好嗎？你這樣子打擾別人工是一件很沒禮貌的行爲你知不知道？」

「我說　我說沒禮貌的是你　是你噢會有這怪聲音可是因為　因為你噢　」

「我？開玩笑！」雖然嘴上這麼說，但其實心裡是堆滿疑竇。大概想要藉口脫罪吧。我心裡想。

「我可管不了你那麼多，反正請你安靜點兒，我還得工作哩！」

「沒辦法啊是　沒辦法　沒辦法不出聲　不出聲音的啊」

企鵝終於面向過來，雙眉緊蹙著說。

「不是不需要呼吸的嗎？」

「是不需要　不需要啊　」

「既然不需要，就可以不作任何聲音不是嗎？」

「是不需要呼吸　不呼吸是可以能夠不作任何聲音　不作聲音但是正辛苦我　正辛苦地吃掉你的寂寞　寂寞因為吃起來很費力吃力　費力吃力在數量上也比一般人　比一般人龐大過於　龐大所以　所以沒法兒小聲或不出聲　不出聲音」企鵝像嘴裡含顆滷蛋似的語音模糊地說，同時也一邊

皇帝企鵝
100公分
國王企鵝
94公分
亞德利企鵝
71公分
巴布亞企鵝
71公分
長冠企鵝
71公分
南極企鵝
68公分
冠企鵝
56公分

發出同樣的怪聲。

我被企鵝的怪叫吵得心煩氣躁。眞的眞的煩。但實在想來，這煩卻又似乎不是因爲牠。那，又是爲甚麼呢？也許眞如企鵝所說，我似乎眞可以感覺得到。就在我身上遍佈大大小小血管中，除了血液以外，還有一種未知的東西在緩緩流動著。是錯覺吧。我想。但這說法也只是爲了讓自己不必去面對不想面對的事，且不管那是否已坦然承受。正如企鵝說的，我在逃避此甚麼。

「你和別人不太一樣　不一樣你自己　自己會製造寂寞　製造就像　製造紅血球一樣　紅血球一樣的寂寞　寂寞本身就存在你的身體裡　存在你身體裡了噢」企鵝夾雜著呼哩哩嚕嘎的聲音說。

「是你自己在製造寂寞　製造寂寞而不是　不是有甚麼東西　有東西造成你的寂寞噢」呼哩哩嚕嘎的企鵝接續說道：「而且　而且我越吃你就越製造　越製造我吃更多　吃更多你越製造　更多更多　製造更多真的是　真的　沒完沒了的　沒完沒了　沒完沒了噢」

說完後企鵝便又躲往角落去，繼續「呼哩哩嚕嘎呼嚕　呼哩哩嚕嘎　呼嚕」地吃著我所製造出來的寂寞。

老鷹的陰莖

「心情糟透了……唉……眞想去死。」

「死，很容易呀。一把刀、一條繩子或一瓶毒藥，幾分鐘的時間就能解決；但，要活下去可就困難得多。既然你有勇氣死，爲什麼沒有勇氣活下去呢？」凌晨三點，我因著情緒低沈而撥電話給「鷹」，語中吐露消極之情。本以爲會被消遣，卻沒想到他竟然以如此寓意深遠的話來安慰我。

其實，鷹與我的感情並不算好，交情也只是普通，卻常常還能談天說地，甚至是極度個人隱私的部份也毫不避諱。儘管如此，我和鷹的交往卻又僅止於此，除了電話之外要想相約碰面或吃飯甚麼的，那彼此可就都萬分不願意了。所以雖說表面上像是莫逆之交，其實彼此都心知肚明彼此怨懟掘造的鴻溝有多深。

*****　*****

鷹並不是一個主動性強的人，在於朋友方面。電話多半是由我這邊主動。但當他「別有用心」時，情況卻又極為不同囉。

記得在剛認識鷹的時候，真的是相當主動積極。打電話、請吃飯、幫忙、跑腿、現殷勤，樣樣都做得全。但一經發覺自己「希望渺茫」後，便斷然停止一切行動，然後像甚麼都沒發生似的，甚至連過去所作所為也一概全數否認了。大概是為了維護他那點男性的崇高自尊，而發作的選擇性失憶症吧。我想。無所謂囉，反正這是早就知道的事了。

「……你認為男女之間有純友誼嗎？」在初認識老鷹不久，我問。雖說是老得不能再老的爛問題，但這也只是發現他的意圖後的一個刺探罷。目的是在讓他知情而退，也希望不致於因為他的求愛未遂進而心生厭念的減少一個朋友。多一個朋友便少一個敵人是我的人生信條之一，是故即使再不喜歡老鷹這個人，就算只是表面的形式也好，朋友的樣子也要演繹得當。

老鷹想了一會兒：「我是認為有……但很少人能做得到。」他在電話的另一頭回答。

「既然認為有，就表示你也做得到囉？」我說。

「基本上是可以啦，但還是要看情況。」

「甚麼情況？」

「…………」

大概我的「用心」他收到了。自那天起老鷹便不再來了，甚至連電話也沒有一通，好像就這樣從地球上消失了似的。

唉……我不由得嘆了一口氣。因爲就算已經知道了這些是男人的通病（女人也差不多如此吧。因爲我也曾這樣不是嗎），即使已經經歷幾百幾千次了這狀況，也還是會感到心寒。唉，人性如此。

甚麼時候開始的，鷹對我開黃腔的事，實在想不起來。印象中依稀記得，最初也不過是一句兩句的玩笑話逗得我咯咯發笑。這類有色笑話偶爾誰都會說來娛樂一下吧，總是日子太過於乏味無聊了，一點點性玩笑於大雅無傷。但這卻似乎是助長了老鷹的色膽。日子久來，黃言色語的比例越發擴大，甚至已經到了隨便一句話或哼吭一聲都能令其亢奮的程度。或許他是假裝的，只爲要消遣我；或許是眞呢？也只有他自己才知道。反正這麼個玩笑法並不會令人感到愉快，有的也只是反感作嘔而已。

「你滿腦子都只裝那些東西嗎？」我鄙夷的責備道。老鷹悶哼了一聲回答說：「腦神經不接往那兒的就不是男人。」他的語態倒挺理直氣壯、理所當然的。

「我所認識的男人也不只你一個吧，卻沒有像你這樣動不動就口出黃言的……」

「那也只是他們嘴巴沒說罷了，並不表示他們心裡不想噢。」老鷹根本不管我話說一半沒完，就搶著講起來。我想起了某次突然不知爲何地，幾個同樣認識老鷹的女孩子在聊天當中談及各自對老鷹的感覺與看法。一個首先說道：我覺得他看起來有點色瞇瞇的樣子耶。嗯！我第一次看到他時也這麼覺得，另一個附和說；剩下的也紛紛點頭表示認同。而我也相信，一個人會給予別人甚麼樣特殊的感覺時，必定其來有自，正所謂相由心生。所以說雖然老鷹從來不曾與她們說過一句有色笑話，卻仍可以讓這群小女子心有同感，說實在的，我一點兒也不覺得奇怪。

「就算有，也不至於是你這種程度吧。」

「我就不信當你看見一個欣賞的男人，心裡頭不會綺想著甚麼……」語畢，老鷹隨即發出嗤嗤嗤的笑聲，好生淫穢。但令我更驚訝的，是自己竟然有此耐心能夠和老鷹這種人說上兩…

個小時的電話。該佩服他呢，還是我自己？

到了我忍無可忍了，而戰火也越戰越烈，才在猛烈的槍林彈雨處驟然草草收場。然後過個三天五天的怒氣消滅了沒了，心想朋友嘛，何必計較這麼多呢？於是又像甚麼都沒發生過似的找他閒聊，自找氣受。如此周而復始。然而，戰爭所餘留下來的灰燼並未消失，它一點一滴地慢慢沉積在我和老鷹之間，形成一股永難消弭的怨懟。

關於性幻想的問題，我爲了要證實老鷹和我究竟孰是孰非，便找來朋友賓詢問一番。

「性幻想？呃……坦白說，眞的每個男人都會。」阿賓像在談論攸關生死命題般，以極其肅穆的口吻說道。或許是因爲性別的差異，而且和阿賓結識將近五年的時間，這類話題可是一次也沒有談論過，甚至彼此都會刻意避開。

「別說是男人，就連我們女人也是會啊。」我插嘴說道，「坦白說，在我，性幻想根本是我所『無法想像的事』。第一，我對於人的臉孔和姓名方面的記性實在是差得沒話說；第二，我認爲與其去性幻想而做著自慰，倒不如和愛人做愛還來得實際得多不是嗎？那種沒建設性又沒意義的事我可不幹。」

「那你呢？」我反問賓。大概是我先前老實說的關係，本來嚴肅凝聚的氣氛變回以往的輕鬆。他也就毫無忌顧的全盤托出。

「偶爾吧。不過大多都僅止於開始沒多久的程度而已就沒再繼續了。」

「爲什麼？」

「因爲再下去就沒甚麼意思了我覺得。」

「那……你所謂開始沒多久的程度，又是個怎麼樣的程度呢？」我極爲好奇地追問阿賓。

阿賓抓了抓後腦勺，隨後點燃一根長壽煙用力吸了一口才說：「大概差不多是男女朋友般牽手、接吻的程度而已吧。至於要更深入的去想像……以前是會，但後來覺得那樣子不但無聊而且也沒甚麼意思也就不幹了。」

阿賓看我沒答話又接著講道：「這種幻想任誰都會啦，只是要看當事人會不會再將想像更深入、擴大下去而已。」

然後話題一轉，我和阿賓又聊到性事以外的別的地方去了。

＊＊＊＊＊　＊＊＊＊＊

陰莖，一直是鷹引以為傲的事。

「不只如此喔，就算是體力、腰力、持久力我也是一等一的厲害哦！」老鷹話越說越發「性」奮。

「而且，我不但熟諳各式體位，天上地下還是海裡我都做過哦。嗳，像我這樣經驗豐富能力強的男人妳上哪兒去找啊！哎呀，別考慮了。和我在一起我一定保證妳每晚幸福美滿。」

天吶，我心中暗叫，眞是個無可救藥的男人，這種話他竟能說得出口？其實，過去曾經有好幾次試圖要挽救（導正）老鷹的思想色差，但卻枉然。白費了功夫和時間不說，還更助長了他對我精神上的「性侵犯」。最後，我連那僅存的一絲絲耐性也沒有了，對老鷹的態度也就不再客氣。

「滿腦子精蟲！」我對著電話憤怒地罵道，隨即用力掛斷它。心裡很是明白，再這樣繞著這個話題下去，會將這男女的思維推去一個甚麼樣的境界。

為此（試圖導正老鷹的事），我也曾被他冠上「冷血」、「無情」、「性冷感」……等形容詞。雖然很生氣，但其實明白他之所以會說這麼過份的話，只不過是因為我從未愛過他、沒和他上床罷了。既然求愛不成，為了要維護他的男性自尊，除了這麼「解釋」以外便再沒有其他辦法為自己脫解。雖然不能原諒，但可以理解。

唔唔……好像離題太遠了噢。本來只是要為「死」的事情提出一些見解、看法、觀念甚麼的，但卻在不自覺當中邁入「性」的領域。大概吧，只要和老鷹這個人扯上一點點的干係，無論是甚麼，很容易就被導入一處無可挽救的境地。好像在急湍中航行的船隻，雖然手中已緊握船舵，卻終究不敵急流的猛烈推擠而來不及打彎或停煞，使航向不知名的另一個方向去了。就如同寫文章，雖然手中操控著筆桿，但腦海中的思維與靈感的急流卻將文章引入一個預測之外的航道一樣。也無法回頭了，只有這樣順勢而行。雖不知將到的是一個甚麼樣的世界。

總而言之，我以為像老鷹這樣的人，是窮盡一生也不可能會說出如此哲理深蘊的話來，卻竟然也聽到他說了。多麼地不可思議啊。我心中驚愕。就像豬籠草突然開結出甜美的櫻桃果實一樣。

而這篇偏離航道太遠的文章就到此為止吧。總之，我也還是堅毅地活了下來不是嗎？

南極企鵝與我的對話II 。荒島上的豬籠草。

「全世界企鵝的種類共有十八種，其中的十六種居住於南極區。棲息南極區的企鵝大多分佈在南極洲周圍的島上，唯獨黃帝企鵝居住於南極……。春季是牠們的交配期，雌企鵝將卵產下後便交由雄鵝孵育……」

翌日。我到「國立中央圖書館」查詢有關南極企鵝的資料，拿到世界動物圖鑑、南極洲和南北極的生態。卻只有南北極對企鵝的生態、種類、習性等有較詳盡的介紹。我不死心地再將其他和企鵝有關的百科全數調出來找，甚至鳥類、鳴禽，只要有一點點與南極企鵝搭得上邊的，我一概不放過，卻始終未見那種頭頂是七彩羽冠、全身披覆雪白色絨毛的企鵝。

我決定放棄，放棄這種既勞心又費力的方式。於是打道回府，撥一○四查號台要了「台北市立木柵動物園」的電話。電話撥去，總機小姐幫我轉到看護單位。

「七彩頭冠，雪白色絨毛？」一位看護人員以驚異不已的口吻回說，在我形容呼叫叫嚕嘎的南極企鵝後。

「嗯。牠並且會發出呼哩哩嚕嘎的奇怪呼吸聲。」

「在所有種類的企鵝中是有兩種擁有頭冠，但冠毛卻全是金黃色，沒有你所形容的那種。而且，所有品種的企鵝都只有在胸腹部份爲白色，其餘部份爲黑色或深藍色鱗毛。絕不會有絨毛，即使是基因突變。」對方似乎以爲這是惡作劇電話，不以爲然的說著，「可能是你將其他鸚鵡或飛禽之類的錯以爲是企鵝了吧。」

「可眞的我非常確定牠是企鵝錯不了。」我略顯激動的說「牠大約有手掌那麼高吧。」

「手掌？」他以嚴肅的口吻回答：「小姐。世界上體型最小的 Rockhopper 企鵝最少也有五十六公分。妳的手有這麼大？」

我實在怕再這樣問下去對方會當我是精神異常看待，所以道了謝便掛上電話。其實，心裡實在是明白得很，我所遇到的絕非一般的南極企鵝。但我寧願去相信，牠是所有百科都找得到的那種。也唯有如此才能證明我的正常（這當然我本來就是平凡而普通的正常人，和世界上的絕大多數人都一樣。至少我自己是這麼認爲。）

***** *****

因爲正值冬天，也恰巧是寒流入境的時候。空氣冰冷得連說出來的話都會被酷寒的空氣凍結在半空似的。

午夜十二點，那隻聒噪的怪企鵝再度趁著我專心致力於工作時翻上書桌，跳掛在檯燈上晃動。

「喂。我新買的 National 桌燈。」我意圖制止企鵝的壞習慣。但牠卻沒理會我說話，依然故我的吊掛在檯燈上搖晃著。

「喂，沒聽見嗎。我新買的檯燈要是弄壞，可沒多餘的閒錢再買一支喔！我很窮的。」我見牠沒啥反應又說。

企鵝停止搖晃的動作，身子仍懸掛半空，靜靜地望了我一會兒：「妳其實在意我的事 妳在意 妳在意我的事我的事」

「我不在意你，我只在乎我新買的檯燈。它花了我不少錢和時間才好不容易找著。我可不想用沒幾次就又要換新噢。」我非常知道企鵝囉囉嗦嗦嘮嘮叨叨喋喋不休的個性，實在之前就領教不少。想必今晚又不得清閒。

「妳在意我的事　在意我的事我知道　我知道妳在意我跑去找　跑去找資料　找南極企鵝資料找資料」南極企鵝根本是不會管對方在幹嘛，又會否打擾到別人，一味地揪著人說個沒完。

「你究竟是甚麼，到底？眞的是南極企鵝嗎？」既然牠要提，那麼我也就老實不客氣的問了。

「我是企鵝　一隻普通的南極企鵝　普通的企鵝啊」企鵝若無其事說著。

「我的眼睛沒有瞎。明明所有百科都沒你這款的企鵝。就連動物園裡的學者都說沒你這種……」

「我是企鵝　一隻真真正正的南極企鵝　真正的南極企鵝啊」牠像是怕被人誤解似的，緊張的解釋道。

再下去眞的會沒完沒了了。我心裡想。「好、好、好。我相信你。總之可不可以你今天別吵我工作？讓我把要交的稿子趕完。等稿子趕完了，你要聊再讓你說個夠。ＯＫ？」

這會兒企鵝倒是很乖巧的把我的話聽進耳朵裡去，二話不說地自行往角落安靜的坐下來。

雖然說是安靜，但那只是表示牠不再聒噪不休地說話罷。而呼哩哩嚕嘎的呼吸聲可是依舊存在。

「呼哩哩嚕　呼哩哩嚕　呼哩哩嚕嘎」企鵝在角落裡吃著寂寞。

「我想起一個朋友的事。」文章寫到一半，我轉過身向角落裡的企鵝說。南極企鵝以笨拙的動作站起來，拍拍附著在屁股上的塵沙。左搖右晃地翻上書桌。

「妳懷疑　懷疑自己對他是不是　是不是太偏激　妳懷疑」牠像看穿了我的心思似的。甚乎我對自己的了解。

「是因為性幻想　因為性幻想」企鵝又說。這是疑問句，我知道。

「或許是吧。也多多少少摻雜有其他原因。但最令我受不了的還是這部份。」

「妳很矛盾　很矛盾自己矛盾　自己既然討厭他卻又老愛找他說話　討厭他卻又老愛找他說話的矛盾　你不知原因　不知道原因」企鵝說。

「你不是普通的南極企鵝！」我插口說。

「我的話令你困窘　我令你困窘　令你困窘是因為被我說穿心底的想法　被說穿心底想法」企鵝撐大著眼睛直視著我。

或許是吧，眞是企鵝說的那樣，我處在一種矛盾的情結當中。儘管曾經說過不願再與老鷹扯上任何干係，其實自己心裡明白，我還是會一而再、再而三的提起這位每每想及便腦神經衰弱並疼痛不已的神奇人物。但若撇開性事不談，老鷹可以算得上是一個老實厚道的老成男人。他曾向我解釋，因爲我們交情熟絡，所以才會出言不諱。我可不是對每個人都可以說這類話喔。老鷹語味深長地說。

這就奇怪。爲甚麼明明互相心裡明白，彼此都不是太甲意（喜歡）對方，卻還可以維持熱絡，著實不簡單。

突然地想起，那個生長在荒島的豬籠草的夢……

*****　*****

船在汪洋大海上飄流了多久我不太清楚，僅只記得昏厥前那場突如其來的暴風雨。風如刀、雨似劍，船桅斷落海底，就連船艙中賴以生計的食糧也被無情的風雨濤浪搜括一空。殘破不堪的船和昏厥不醒的我，於是在茫茫海上漂流。不知靠這艘殘破的船還能存活多久，在我用盡最後一絲氣力、吐盡最後一口氣前又能否順利獲救也未可知。但即使只是一絲半毫的機會，我也絕不輕言放棄。不到最後關頭，一切都還是會有希望的。我不斷這樣告訴自己、鼓勵自己。

又連續幾個日昇日落，眼界所見仍然是一片海。彷彿這世界就是這片浩翰汪洋無止境的伸延似的。而我也已經是飢寒交迫、口舌乾裂，連坐起身的氣力都沒有了。我大概撐不過明天吧。我心裡想。今晚，天空沒有一片雲來遮蓋滿天星光。

「這許是上帝在我死前賜與我的最後福份，讓滿天星斗陪伴我、引領我向天國之路去，讓我不至於太寂寞。」我對將行就木的自己說。闔上雙眼，癱躺於船甲上等待死神降臨。漸漸地一點一滴，感覺到自己的意識正碎裂成一片片細塊掉落大海。

意識的黑暗吞噬了我……

「**喂，喂喂！**」叫喚的聲音響於耳際。是死神在呼喚我噢。

我在昏沉當中逐漸地意識到。於是摸黑尋向聲音的源頭，疾疾於無邊無際的默黑之中奔找。

「**喂，喂喂！**」那聲音又喚到。終於，我在黑暗中找到出路。循著光，脫離黑暗。睜開眼，看見的是一個未曾見過的世界。

我死了嗎？心裡想。並試著說出口，「我死了嗎？」以分辨眼前的是死還是生的世界（雖然沒有，更也不可能會有死亡的人生經驗存在）。

「妳還好端端活生生的沒事咧。」黑暗中聽見的聲音說。我左顧右盼，所賴以置身的，僅是一塊二平方公尺不到的荒島。島上有的盡是暗紅色的混凝土，包圍四周的也依然是無止無盡的深藍。欸……我深深地嘆了一口氣，因爲這實在和乘船飄流並無差別。倒不如船好些，說不定還能有機會遇上航行的船隻。

船？我的船！突然驚覺到自己那艘破爛不堪的船消失不見了。

「喂，喂喂！」剛剛的聲音又叫。我又重新仔細地環顧四周，除了泥土根本沒有其他東西，甚至是稱得上是東西的東西都沒有。

「喂，喂喂！我在這兒吶，我在妳的腳下。」那聲音略爲痛苦的說：**「妳腳丫子踩得我手好痛好痛……」**

我吃驚的跳了起來。望去腳邊，竟是一株十五公分高的豬籠草。牠揉撫自己稱之爲手的右葉，然後一副蠻不在乎的神情抬頭看我。

「這是死的世界嗎？」我問。

牠拍拍身上的灰塵，「**妳沒死。倒是我快被妳踩死了。**」牠邊說還邊整理了一下身上零星的葉片。我無奈的坐在豬籠草旁邊：「欸，與其讓我在這種了無生氣的荒島活著，倒不如就這麼死掉還來得痛快。」我喃喃自語。

「**要死很容易。但要活著可就困難得多哦。**」豬籠草聽到我的自言自語便如此回應。我聽了回過頭來，以訝異的眼神望著牠。這絕非一般的豬籠草。我內心暗自推敲。牠依然故我的一副不可一世的高傲姿態。

牠喃喃地說：「**看來這沒三五個月是好不了的。**」豬籠草看著自己的右手說。

一會兒，牠回過神來，像是突然地想到似的問：「**妳是如何來到這裡的？**」

「暴風雨。一場突來的暴風雨擊毀了我的船，帶走船上所有水和食物。」我說，「就這麼在海上飄流了多久，我也不知道。腦海一片空白，只是癡呆呆地望著一天又一天的日昇日落。」

「**那你和魯賓一樣囉。**」

「魯賓？」

「是啊。在魯賓以後就再沒有叫人類的東西來到這座荒島了。所以，當我看見妳從旁飄過，真的是很高興哩。」

「魯賓……是那個在海上飄流多年，經歷大小人國的魯賓遜嗎？」我驚奇地追問著。

「是啊。這男人身上倒是有不少故事吶。怎麼，妳知道他？」豬籠草用疑惑的眼神向我這邊看來。

「他的故事被寫成書，流傳了百年了。幾乎是沒有一個人不知道他。」

「呵。他倒是真的做了呦。」

「甚麼？」我一頭霧水，不懂豬籠草說的。

「沒甚麼啦。只是過去一些和他私下的約定而已啦。」

「這麼說來，那都是眞的囉。小時候讀到還以爲全是瞎編來騙小孩的咧。」我深感不可思議。

「他剛到這兒時的模樣就和你現在差不多，一樣那麼狼狽不堪」牠投以不屑眼神又接續著說。

「真搞不懂你們這些，動不動就死死死的。咱一出生就在這島上了，而且甚至一輩子都將

在這裡渡過。我若像你們，不是早在幾百年前掛了。」

「那又如何？沒有水和食物，我就算想活也活不了。」

「嘖，真受不了妳。」豬籠草稍稍挪動身體，**「喏，翻翻我腳邊的紅土。」**腳？牠的說法很難讓人適應。大概是指根部的地方吧，我猜想。

我依照牠的話去翻動根部周圍的泥土，發現一些奇怪的豌豆似的物體。

「吃吧。」豬籠草說。

「你都吃這些？」我拿起土中的豆子問。

「反正妳吃就是了，魯賓也都吃這些。至於我嘛，因為我是不平凡的豬籠草，所以不需要這些具象的食物，甚至連水都不必。」

「那你吃些甚麼？」

「太陽的歡愉、月的溫柔、星星的淚光……或是風從遠方陸上帶回的氣息也很好吃哩。」

牠嚥了嚥口水繼續講道，**「風的呼吸會襲來遠方國度的消息，或是花草的香氣。像昨天，海另一端的某戶人家誕生一個可愛的小寶寶，那陣溫暖而喜悅的氣氛吃得我好撐好撐哩。」**牠說完看看我吃著豆子飢腸轆轆、狼吞虎嚥的模樣，又說：**「那東西妳過幾天會開始不習慣，屆時，**

妳也會同我一樣吃起海風來。」

「魯賓也吃嗎，這東西？」眞的好奇，猜想著這一切是否是牠自己憑空捏造的，因爲書裡根本一點兒也沒提到任何關於豬籠草的事。也許是牠從哪兒聽來的，爲要表示自己不平凡，便兀自將自己加進去胡謅一番。畢竟荒島的生活確實是毫無樂趣可言。

「可能是因為太過於想念家鄉的關係吧，所以他幾乎只吃月夜沁冷的嘆息。」

「那沒有月亮的晚上呢？」

「就只是呆滯地遙望著遠方，想著家鄉的事；或者和我聊聊他在海上飄流時的奇遇。」豬籠草煞有其事的說，看起來不像是胡謅的樣子。牠的語味及神態像在懷念一個故友似地悵然。

「他書裡卻爲何沒有提及你的事？既然你對他的影響如此舉足輕重。」

「沒那必要啊。況且就算說了也不會有人相信。外表看起來我不過是極普通的豬籠草罷了。」

「那些巨人國、小人國的事就有人會信？」

「嗯……」牠沉思了一會兒說道：**「真正重要的放在心底自己知道就夠了。魯賓一定這樣想的。因為我曾經這麼告訴他。」**

「你又知道了。」

「當然啦，我是住在荒島上不平凡的豬籠草呀！」牠頗為得意的說。

「知道了。你不必一再刻意強調。」

果真如豬籠草所說，荒島的生活才第三天，豌豆似地食物開始變得難以入口。牠建議我嘗試吃一點海風微弱的呼吸。

「說不定可以喫到妳遙遠故鄉的滋味噢。」豬籠草說。「那是種甚麼樣的味道？」我緊接著問。

「也只有嚐過的人才會知道，每個人吃起來的感受都不同，我也很難形容與你……」沒等牠說完，我便張大嘴巴，用力一口含進飄旋於半空的輕柔海風。感覺，在舌根與舌尖處漾起深淺不均酸酸苦苦的味道。若要說得具體一點，真也很難形容得準。

「怎麼，味道如何？」豬籠草關切地問到。

「滋味是挺美，但卻不是家鄉的味道。」我嘴裡猶在咀嚼那股酸酸苦苦的滋味。於是，我開始和豬籠草談起故鄉的事。那隻祖父遺留下來的老黃狗、院子裡的含羞草以及常去淨心的山廟公園等等……

*****　*****

遠處雞販的鐵籠裏待宰的雞盡職地高聲嘶叫，我這才驚覺到天色已然微亮。企鵝不知在何時離去。大概是我想得入神的時候吧。或許是想得太過投入，以至於連企鵝離開了我都全然不知。

呼——不管企鵝了。我拿起手邊的電話，隨即按下老鷹的電話號碼。接起電話的鷹正當睏覺，他還迷迷糊糊的搞不清楚狀況，莫名其妙著我這舉動。

「喂，不平凡的豬籠草！下午有空吃飯喝咖啡嗎？」我對神智不清的老鷹說。

我的浪子個性。浪女。

很多時候，我甚至無法確定自己究竟是甚麼樣子的一個人。也正因爲如此，放任自由過份的隨性，不自覺地給人一種飄泊的浪子形象，一種不穩定、不安全感。這便是造成我的感情路途崎嶇而短暫的主要原因。雖然常常一副蠻不在乎的模樣，但其實想來這真不是好現象。

***** *****

初進朝代工作室的那個夏天，當絕大多數人猶持續著揮霍，花天酒地找女人時，經濟的泡沫已正逐漸地消滅當中。而我卻是意興闌珊地坐上「美術設計」的位置。爲著才結束不久的感情，下了班便一頭栽進PUB的喧聲酒海之中，一直醉到天亮再繼續工作。就這樣每日每日循環不斷地，上班喝酒睡覺、睡覺上班喝酒、喝酒睡覺又撐去上班。等到有一天在自己的床上突然驚醒過來，才發現屋子也是、自己也是，已經糟糕得跟排泄物沒兩樣。

我站在浴室的鏡台前端詳了好一會兒，一直無法確定鏡子裡的，和那個向來自信滿滿、英姿勃發的自己是同一個人。

不能再這樣委靡下去了。我對自己說。人生不應該是這般模樣——雖然並無明文規定，所謂的人生應該是屬於哪種型態。那一刻開始，決意收斂、恢復。首先是將雜亂不堪的房間打掃整理一番，接著是這蓬頭垢面的臭皮囊。最後分別在耳後與手腕抹上 24 Faubourg 香水，在床頭的位置放上檸檬味的空氣清香劑。重生洗禮儀式宣告完成。

看看牆上的掛鐘，距離上班時間還有將近兩個小時，而住所到工作室也用不到十五分鐘車程，所以還有的是時間。我靠在窗檯，口裡叼著一支未點燃的 SEVEN LIGHTS 香煙，望著樓下匆匆飄過的人影發呆。今後又將飄去何方呢？我心裡想著。回神時已經是接近九點的上班時刻。糟，遲到了！我驚叫道。換上輕便的T恤、牛仔褲，拎起堆放在門口的兩大袋垃圾（當然是剛才整理出來，衣服、相片、茶杯，獨獨留下那只戒子，畢竟這一段仍是不可抹滅的事實，也是回憶）衝下樓，飛快的奔往公司。

加入朝代設計工作室已有一個多月時間，但我仍然很難一一叫出每個人的名字，就連坐在旁邊的也是沒辦法。我對人的記性真的是差得無可救藥。

工作室位於永和一棟新大樓的五樓位置。大樓以家庭住戶爲主。樓下大門的管理員在我就職的第二天就沒再見到了，或許是覺得沒那必要吧，反正附近的治安也算不錯，因爲就在學校對面而已，多少巡邏的員警都會比較留意。反正也是節省一筆開銷，就因此請他走路也未可知。全公司加上我及另外三位新進人員，連同老闆僅僅十二人。

「Hi！」我走入廚房正爲我的象印牌保溫杯加注熱水時，背後一個聲音招呼到。不確定喊的是不是我。回頭瞧看，一個陌生男人站住我身後，眼神閃爍。本能的感覺到他搭訕的意圖，也本能地對他產生厭惡感。卻沒顯露出來。我不發一語地凝視他，等著他說完接下來的。

「常看妳自己一個人窩在角落的座位上，不是工作就是在睡覺，從來也不找人說話聊天。不會無聊嗎？」男人說。

我發愣一會兒，心想：這人誰啊？隨隨便便抓了人就聊。

「爲什麼無聊？而且又不是完完全全的不和人打交道，只不過沒讓你看見罷了。」我說。

仔細打量，他倒挺高的，大概有一八〇以上吧，就我目測。因爲彼此相差了二十多公分，以致於他必須弓著身子低著頭才能和我說話。男人推推架在鼻樑上的黑色眼鏡。我還搞不清楚他究竟是同事抑或來往合作廠商的外務之類的。但不管是哪一種，他的衣著也未免太過隨便，一件看似軍用內衣的軍綠色汗衫（後來證實，果然是），遮半腿的短褲和到處買得到四十元一雙的拖鞋。但由他手裡茶水半滿的馬克杯判斷，是同事。因爲不會有哪家公司外務會自己帶個杯子在別人的地方晃來晃去。

我作了個禮貌性的點頭笑，轉身就要離開，但這男人卻很不識相地緊瞅著我繼續說：「中午一塊兒吃飯？」

我苦笑。

「怎麼，有事？」

我搖頭。

「既然沒有，那一起吃飯聊聊天吶。」

我沉默。

「還要睡覺啊？難道妳都不會餓嗎？」

「還好。」我說，語味冷淡。

「噯，少睡一點又不會怎麼樣。我請客嘛。」男人幾近強迫地說，好像我非得遵從不可似的。

莫名其妙，爲甚麼我就非得和你吃飯不可？我心想。

「有誰一起去？」

結果我這意志力薄弱的女人還是答應了。

果然如我所預料，整個中午都是浪費的。就算用一整天的時間進行了解，男人在我心中仍然很難擺脫油腔滑調的印象。

一道吃飯的除了這個叫鑿剛的，還有一個阿光。這兩位同齡男子，從學校、服役到就業，一直是相伴左右。「算算也有十多年交情了……」阿光抓抓後腦說道，「當兵前就在朝代待過，退了役想說反正也懶得再找，索性就回來先將就待著。」

「沒有吧。最先是在康譯，到做兵前一個多月才……」滴滴答滴滴答，聽著這兩個男人你一言我一句的，搶述他們所共有前半生。自此以後的每個中午，幾乎，我就再也沒一天好睡了。

某天中午，也不曉得哪根筋錯亂了，我竟說：「哪天我們一塊兒去動物園走走吧？」話一出口，便開始後悔。

「好啊！偶爾去運動健行一下也不錯。」檠剛隨即附和。天吶，我不過想表現一下親和力罷，結果竟然演變成此局面。但也已經無可挽救。

「可以啊。」阿光說，「甚麼時候？」

「那就……這禮拜六？」我說。噯，爲什麼這嘴卻是無法依照大腦的思考方向行事呢？我自責不已。但無論再如何的自責，「木柵動物園一日逍遙遊」已成爲無可避免的事了。

唉……

第二天檠剛跑來對我說星期六的事可能無法去了，因爲臨時有事推不掉。而我也正爲動物園的事傷透腦筋，正想以此爲由推掉這麻煩。

「妳和阿光兩個人一起去嘛。」他說。阿光站在旁邊看了我一下說：看妳囉。

這麼說法好像所有責任全歸屬在我身上了。而我若說不，也似乎正間接表示我對阿光沒一絲好感了。「隨便」我說。

「那你們還是照原來約的時間去囉。」檠剛說。而我也正同時在心裡臭罵：多嘴雞公。

大概，老天爺聽見了我內心深處的嘶叫。颱風在那周末大舉犯台。但阿光仍誠守信諾的在約定的時間、約定的地點出現在。

他在工作室裡等了將近一個鐘頭，而在他離開後十五分鐘我才姍姍遲來。這遲到其實是我蓄意如此。雖然說，我也本來就有遲到的壞習慣。但過去的全屬無心，這次卻眞是故意。就算被討厭也是沒辦法的事了。

「他已經回去了。等了快一個小時。」我才踏進朝代門檻而已，裡頭就有人立刻對我這麼說。聲音不用說是檠剛。「妳這麼遲到不太好喔。」

「颱風天也加班？這麼拚命。」我試著轉移話題。然而他卻沒將我這話聽進去，繼續說：「這樣放人鴿子，是誰都會不高興。還好是阿光，換作是我……肯定不會再有下次。不是每個人都有那美國時間來這樣白耗的。要換作是做生意的，分秒必爭，這一個小時我可以賺多少錢吶。」他沒完沒了地叨叨唸唸，眞的眞的令人非常受不了。好像受害者是他似的。況且這又不是談生意，如果你眞到談生意的程度，就不必颱風天窩在這間小工作室裏加班了。眞是個比女人還婆婆媽媽的男人。我心裡憤憤想著。

當然沒說出口。這點微不足道的修養我還有。

「不是放鴿子，只是純粹的遲到。」我說，拚了命的壓制胸口那股怒氣，覺得這男人眞的很煩。

整整被他扯住了嘮嘮叨叨三個多鐘頭。開始的半個多小時一直在我遲到的問題上打轉，後來又提到他的過去、家庭背景、成長環境，或說說不好笑的笑話，我都無心去聽。一心只想越快擺脫這男人越好。對他的憎惡又再度加深。

「呃……我還有事要先走。」我站起來，心想這次不管他再怎麼說，我都不會再多留一秒鐘。大概他也看出我的不耐煩了，所以也沒再牽拖甚麼，很乾脆的道別了。

我確確實實地鬆了一口氣。飛也似的奔進電梯。在封閉的小空間中，我歇斯底里地大喊：「GOD！再和他聊天或扯上關係，我就是豬！」然後帶著對阿光的歉疚離開。

星期一，我進公司的第一件事就是找阿光道歉。阿光客氣地說沒關係，反正自己也不是很想去。我也就相信眞的是沒關係了。

但在這件事很久很久以後的今天，我才發現，水瓶座的阿光嘴裡所說的沒關係其實，並非眞的那麼沒關係。

我猜想，阿光對我的不滿大概是從那時候開始的吧。

*****　*****

我果然變成豬了。

在那句話的兩個月後，囉哩巴嗦的男人成了我的男朋友。剛開始，他可以爲了我要吃的海鮮燴飯找遍整個台北；他可以漏夜不眠忍寒受凍的陪我坐在山頂紓解低潮的情緒；他可以無時無刻關心注意我的一言一行；他可以一通電話立即飛奔而來的殷勤。當然，這也不全然是我願意與他交往的原因。前面也提到過了，一開始我是多麼多麼地憎厭這個人。所以絕不可能突然的喜歡上或爲他的殷勤而有所感動（當你討厭一個人時，是不可能會輕易被他感動的）。只不過（大概是）心裡潛藏的邪惡作祟。「讓我瞧瞧妳的本事吧。這麼一個自以爲是的男人，妳有辦法嗎？」

某日，彷彿聽見有人在我耳際這麼說。隨後才發現，這聲音原來來自於內心。源於好勝心，我挖掘一小小陷阱。起初，他只繞在陷阱周圍探視，好不容易經過一番計誘，才讓他甘心情願的往裡跳。

現在想來，是我中了他的招也說不定。我一直以爲的勝利，其實只是一個假象罷了。眞正嚐到勝利的紅葡萄酒的，是槳剛吧。但等我發現時，已經是事隔多年……

曾經有過幾次我心裡想：就這樣牽他的手永遠地走下去吧，不再尋覓飄泊了。我想，他就是我要的（或許是）。

過去的人生經驗裡，我在愛情當中向來是無往不利，從沒有一次單戀的失敗記錄。通常我看上的、欣賞的，也同樣鍾情自己。我稱它爲巧合罷了的無往不利。但又如何？「戀戰」經驗雖然說豐富，卻平均不超過半個月。所謂的失戀而有的傷心難過，也是一次都沒發生過。

人生眞的很奇妙，你永遠無法預知自己會愛上甚麼樣的人。

曾經有一個朋友對我這麼說：「愛上一個人不可怕，可怕的是愛上的是你最討厭的人。而這種愛才是最要你命的。」當時也沒料到自己竟會有這麼一天。在那個還都無法明確說出「愛」

爲何物的年紀，我竟確定自己已經愛上這個曾經極度憎厭的男人。也終於明瞭那句話的箇中滋味。

「我認爲已經沒有繼續下去的必要了。」男人在電話裡以零下的寒溫口氣說話。時間是交往的半個月後。此刻也正值嚴寒，天空飄散著絲絲寒雨。浸透的衣服已經稱不上所謂的保暖。眞是分手的好天氣呵。我心裡自嘲道。本想給他個意外，起了透早煲湯煮粥，這對於我這向來是茶來伸手飯來張口的大小姐，大概就連親娘也想不到吧，更別提還大清早老遠送去。只是沒想到，眞正收到驚喜的會是我。站在男人住處樓下的電話亭前（而所謂的電話亭也只不過是間小雜貨店門口的公用電話，連一塊遮雨的板子都沒有），啞然無語。因爲實在已經不知該作何回應了。

「我和妳的觀念、作風、個性、生活都迥然不同，而且也無法互補，所以也沒那必要把彼此搞得那麼痛苦來維持這樣的感情吧。」男人在電話另一頭冷漠地說。聽到了，男人身旁有另外一個人的聲音。「誰？」那人壓低音量細聲問道。男人將電話摀住一會兒回答了。

「不瞞妳說，我新交往的女友現在正坐在我旁邊。雖然我們才認識不到一個禮拜。她也知道妳的事。沒甚麼好隱瞞的。反正都是嘗試著交往嘛，我和妳，和她也是。」他稍作了一個停頓，又繼續道：「況且最主要的是已經沒有戀愛的感覺了，我們之間。」

第一次感覺到在被稱作「心」的地方，被甚麼東西刺著、撕裂著，溫潤的液體汩汩向體外流出。我摸摸胸口，以為正流著血的地方還好乾乾的。因為這樣而死掉未免太不值得，我心裡想。

男人又說：「妳的日記我看過了，其實。」

「你偷看我日記？」我既驚又怒。我不但懷疑這男人的血溫，更懷疑他的人格！

「嗯。有幾次在妳洗澡時隨手拿起來翻一翻而已。妳一直擱在床頭嘛。」聽他說話的語氣，根本沒有一絲歉疚之意。

「我記得一開始的時候就已經告訴過你了，那本是我的日記請你不要動手。不是嗎？」

「沒辦法。因為妳想甚麼從來不對我說。只好用這樣的方式最快了。」

「這是去瞭解別人的方法嗎？」我難掩心中的憤怒叫吼著，「你這個人格低劣的男人！」

「Hey，如果我不說，妳永遠也不會知道不是嗎？因為我認為這些都不算甚麼啊……」不等他說完我便用力掛斷電話。

我將裝滿熱湯的象印保溫瓶扔進巷口 7-Eleven 的垃圾桶裡，頂著寒風冷雨，腦筋空白，漫步走回住處。

***** *****

故事尚未結束吶！簡單輕易的了結絕非浪子（也非浪女）的行事風格。

南極企鵝與我的對話III。Cappuccino的鎮定。

今天企鵝很早就爬上我的書桌。平時，要沒有半夜十二點企鵝是不肯來的。但，今天卻在八點檔節目結束時看見牠孤伶伶地自己坐在角落，一臉若有所思的模樣。

「怎麼這麼早啊，今天？」我說，剛沖完澡走出浴室，手裡正拿著毛巾拭乾滴滴落落的濕髮。

「……」企鵝嘴裡喃喃有詞，若不仔細聽會以爲那只不過是普通的呻吟聲沒兩樣。

「你怎麼了？發生甚麼事了嗎？」我走近企鵝並摸摸牠的頭，「還是——哪兒不舒服？」靠近企鵝才發現，牠全身是濕透的，水自企鵝身上滲漏桌面也是一灘，又滴滴答答地掉落地板又積一灘。

「喂！你小心我的稿子啊！」我緊張地對企鵝說：「要是弄濕了可是很麻煩的！」語氣中透露出我的不耐煩。其實心裡眞正想表達的是關心，卻不知怎麼地，竟然蹦出如此自私而冷酷的話來——雖然確實也擔心著稿子的事。企鵝沒答應，神色依然黯淡，牠呆坐著嘴裡不時發出嘰嘰咕咕的聲音像在說著甚麼。不一會兒，大概牠是自言自語夠了，便緩慢的轉過頭來表情呆滯地看著我。隱約，我似有看見，在企鵝綠豆般大小的眼睛裡閃爍著淚光。

「對不起」我說，爲著自己的冷酷無情而感到歉疚「我不是有心如此的。你已經這個樣子了我不但不體諒你，反而只自私地在意稿子的事……」雖然嘴巴這麼說，心裡卻還是掛意著桌上的文稿。隨即趕緊收拾散亂在桌面的稿紙，「到底哪兒不舒服嘛？帶你看醫生好不好？」我邊收著稿紙邊問向企鵝。

「……噢……呃不用……不用了不用……」企鵝終於開口說話。這倒令我的擔心鬆了一口氣。牠的聲音聽起來和平常有點兒不太一樣，沙啞……朦朧……和說不上來的哀戚……今天的企鵝眞的很怪，平日清脆嘹亮的嗓門、靈活輕巧的體態、糾纏不休的本領及沒完沒了的聒噪性格，像是全部憑空消失似的，留下這「企鵝似的東西」。失掉靈魂的南極企鵝，看起來，活像個玩具店裡的毛茸玩具好不可愛。

我順手抓來一張靠背椅在企鵝面前坐了下來，用毛巾擦拭著南極企鵝冰冷而濕透的身體。願意的話牠自然會說，不必我問。我心裡明白這，也就不再多問或再強迫牠說些甚麼了。也許，牠此刻最需要的是寧靜吧。

經過半個鐘頭的沉默，南極企鵝開始漸漸恢復知覺，絨毛恢復柔軟蓬鬆，精神也恢復成以往的活躍而聒噪。

「謝　謝謝　謝謝妳　謝謝妳」企鵝害羞地小小聲說。

「你沒事就好。」

「噢我只是　我只是　只是低潮而已低潮沒事的　沒事妳放心　放心我沒事」企鵝邊說著邊以它那自稱爲掌的鰭撥弄頭頂的七色冠。我也伸手撥了撥企鵝的頭冠並摸摸牠的頭。曾在某本書上看到，說「摸頭」的舉動在心理上具有表示安慰、關懷的作用，能令對方產生安全感。

「我覺得覺得自己好像　好像被全世界的人遺棄了似的　好像被遺棄似的很失落　失落低潮　低潮失落就像　就好像死掉一樣　像死掉一樣」企鵝落寞的說。

「家呢？就算被全世界遺棄，你也還有家啊。」

「沒有　沒有家　沒有家　也沒有家人沒有」

「那朋友呢？朋友再怎麼說也總還會有一、兩個的吧。」

「也沒有　沒有朋友　沒朋友就只是只是南極企鵝一個而已　只是南極企鵝　自己一個」

「那又爲什麼會被遺棄呢，既然你沒家也沒朋友？」我百思不解。或許吧，或許這只是牠自己突生的純粹性的感覺罷了，不需要太去操心企鵝的問題。

雖然是這麼說，而南極企鵝卻以凌銳的眼神注視著我，視線從前胸透穿背後。又是這種將人看透似的眼神。我想。不管幾次，受不了的東西還是受不了，就算是已經熟絡的現在。而當我正要開口說話，南極企鵝卻搶先了一秒：「妳白天　白天想的　妳白天想的事」

「怎麼?」我說，「那又和你的低潮有何關係?而且，那也已經是過去的事了不是嗎?」一副蠻不在乎的模樣。

「過去的事已經成爲歷史，再再如何也都無法改變，沒必要一再庸人自擾，這種無聊的舉動會的只是讓自己更煩而已。」說著，自己卻立即跌入回憶的渦旋之中。但不多時便又轉醒，挺不耐煩地說道：「喂!是你低潮還是我啊?別把我的事牽扯進來混爲一談。」

企鵝又開始怪叫，「因為　因為我吃著的　吃著是妳的寂寞所以所以　所以我不只是南極企鵝　不只是企鵝還包括　包括妳包括寂寞妳的　寂寞」

「瞎扯瞎掰」雖然我這麼說，但心裡卻是很明白企鵝的意思。深長地嘆了一口氣，「想那事情的時候我可是一點兒也不感到寂寞噢。只不過是平常單純普通純粹的想到而已，並沒有其他甚麼特別的意義或想法。而且……」說著，我拿起一支MILD SEVEN涼煙點上火無奈地抽著。「行政院衛生署警告：吸煙害人害己」。手裡來回轉動著煙盒，看著紙盒側邊的兩行印刷一次又一次從眼下掠過。眞的有人因爲這兩行勸導而少抽或戒掉嗎？心裡突然冒出這樣的疑問。這當然只是自己這麼想想而已。

「回憶是每個人都會有的吧。而我也只不過是做著普通人都會做的事，如此而已。」我接著未完的話：「想的時候我可是一點感覺也沒有喔，就好像回想昨晚吃的飯菜沒兩樣。你又如何找得著所謂寂寞來吃呢？」

「唉妳唉唉　妳唉」企鵝以略微責備的口吻說，「妳還是不明白　不明白妳是會自己製造寂寞　自己製造寂寞的事妳還是不明白這　明白這根本不需要妳去刻意寂寞它自然存在　自然存在也一直存在　妳根本不需刻意」說完牠又嘆了一口氣。

我無奈地笑笑，又摸摸企鵝的頭，捻熄手裡的菸，從椅子上站起來往廚房走去。這個話題實在沒有再繼續的必要，我認爲。

此刻，我只想喝一杯和著牛奶、撒著肉桂粉的 Cappuccino。

企鵝尾隨我進入廚房，一直一直在我背後作著呼哩哩嚕嘎的聲音。反正我也已經習慣了有企鵝聒噪不休的日子，雖然吵，但只要習慣了便也於我無礙。我還是可以做我的平日瑣碎，寫寫我的稿子。這種處噪不煩的定力，還得歸功於企鵝連日來的培訓。

「妳無法接受　無法接受不能理解」

「甚麼？」我嘴咬著咖啡杯緣。

「他以普通朋友的名義　以朋友名義卻做情人的事　的事」

「不過份嗎，接二連三的耍這種伎倆。」我以 Cappuccino 鎮定自己激動的情緒，「算了。過去的事就別再挖出來弄壞情緒。反正……」

「如果　如如如果妳真的不在乎　不在乎了就不會　就不會每一提起他的事就情緒激動　情緒激動了噢」

企鵝看著我。我也看著企鵝。一分鐘、兩分鐘、三分…五分…十分，彼此都在等待著對方先說些甚麼。時間便從我們相互凝視的視線下彎著身體偷兒似地悄悄溜走。

我假裝著乾咳兩聲，引誘企鵝開口。南極企鵝無動於衷依然原樣兒。於是還是放棄，決定去煮第二杯咖啡。底壺的水開始噪沸，水注衝進上壺的咖啡豆裡放肆暴動、翻攪，酒精燈害怕得火焰閃動不定。斜睨企鵝，還維持著方才的姿勢。我倒出咖啡不加糖、奶精或任何配料，就著黑黑的喝。南極企鵝如同影子一般，跟隨著我一步來一步去的。

「呃咳」我乾咳一聲，「好吧，如果你眞的想談他的事。我無所謂。」

「嗯呼不是我想不想談的問題　不是我的問題噢而是　而而而是必須這麼做因為妳的寂寞妳的實在非常十分苦　十分難以入喉的不好吃噢」企鵝也學著乾咳一聲後說。要說南極企鵝的咳嗽聲音聽起來也實在奇怪得沒話說，大概因爲是「企鵝」的關係，學不像也是理所當然的事情。

「隨便」我說。

「嗯呼」牠又試著咳了一下，一樣沒話說的怪，要說是咳倒不如說是怪叫來得貼切：「他在分開的半年後又找妳說是以朋友的立場應該來看看妳過得好不好　而妳也真的認為是這樣真的以朋友的立場相對但沒多久他卻是又抱又親這行為令妳無法接受但妳並沒有拒絕或抗拒還是選擇給他一次機會但情況並沒有因此而有所改變不論相處方式甚至到第二次分手只不過是歷史的重演而已分分合合合合分分五年裡一共四次而每次交往卻都像被計畫好了似的全沒超過一個月一再重覆讓妳感覺絲毫沒有意義甚至有一度妳恨他無法原諒他……他不但…」企鵝跳下流理檯來來回回的踱步「不但和妳也同時和其他人交往同居但這些妳都能勉強原諒然而他背著妳和其他人一起也就算了竟然還在妳背後說一些不堪入耳的話而妳竟笨得還一直相信著他的人格」不得不佩服南極企鵝這方面的功力，能夠一口氣呼嚕嚕地講而不呼吸或換氣。喔，對了。忘記了南極企鵝不需要呼吸，甚至可以更長地更長地一直說到天亮都不是問題。

「唉……一旦遇上愛情再理性的人都會喪失所謂理性這種東西。如果在愛情裡還能維持原本的理性不變，那絕非愛情而是一種比較接近『塡補』的東西。」

「但妳卻沒有保留至少應有的程度　妳沒有」

「要笑就笑吧。我無所謂了。更何況這信任是對對方的一種尊重我認爲，至於他是不是如我所相信的，就是他個人的人格問題了。」我無奈地笑了笑，「基本上，這個人根本毫無人格可言，我應該早看清這一點的……」我小聲說給自己。言語中多少帶點自責。

「坦白說，那其中造成了我長達兩年的低潮。一向十分自信的自己突然變得非常自艾自憐，認爲自己被世界全所遺棄。當然這也並非全因爲他的離開……但至少也是主要原因之一。如果不是憑著那一點點殘餘微弱的信心撐持過來，可能現在已經沒有『我』的存在了。」我說，過去的悲哀已經昇華爲安慰，也沒有所謂恨不恨的問題，歸復陌生已經是極限了，否則我也不知道該怎麼做才算寬容又能不違背自己。這就足夠了吧我認爲——我緩緩走回客廳的書桌前坐下，帶著我的卡布基諾。

「除了妳以外　除了妳他還有其他交往對象　他還有」

「我知道。」

「而且又一面和妳交往　一面在背地裡說妳的壞話」

「這我也知道。很感謝阿光全對我說了，雖然因此和他吵了一架，到現在都還怨懟未解咧。因爲我只相信眼睛所看見的。」

「眼睛看見　看見的就是真的　真的嗎」企鵝說。我無法反駁，只好沉默。

「但現在想來也挺感謝阿光的。要不是他可能，一定到現在我還會一直相信那個人，相信著他卑劣的人格」我拿起咖啡匙打攪平靜的咖啡。

「不說別的，就光是在每一次分手時都以冷酷的言辭和態度推翻、否認過去一切的行徑就足以證明。證明這個人差勁、爛到了極點！」我越想越怒火中燒，撇過頭看企鵝一臉驚愕，猜是因爲我的措辭。

「對不起說了重話。」我補說。

「沒關係　沒關係妳大可以把想的事全部說出來　全說出來不管　不管好或壞都沒關係

沒關係不必在意我　不必在意」企鵝的語態、反應倒挺溫柔的，這也令我心安理得而能無所忌憚暢所欲言。很奇怪不是？連十多年老友都說不出口的事，竟然和企鵝可以這樣侃侃而談。

「有句話　有句話世界　世界上沒有堅強　沒有真正堅強的人有的　有的也只是假裝堅強假裝罷了　罷了」

「村上春樹。」

「？」

「這話是村上春樹書裡的一段。」

「是吧是是　是吧」

「被你這麼說也無所謂，反正……喂，別岔題。」我說，「總之雖然現在才發覺。檠剛眞的是一個爛透了的男人。」

「爛透了　爛爛爛透了」企鵝重覆著我的說話。不知甚麼原因，感覺被罵的像是自己似的，內心一陣陣刺痛。唉——手上的咖啡不知在何時早便成了一杯冷冷苦水。啜著冷卻了的Cappuccino，像是回想一段褪色的記憶，喪失香氣與溫度而變得難以入喉。咖啡可以倒棄不喝，但回憶呢？再如何悲痛與不堪，它卻永遠存在，存在於身體裡的某個角落，伴隨著歲月的積累與成長而成爲我的一部分。不得不承認，這些回憶造就今日的自己」。

「你無法體會的，儘管你吃的是我的寂寞……」我語味落寞地說。

「妳並沒有並沒有被遺棄記得　記得有位密宗師父告訴妳的　告訴妳說一切掌控於妳　掌控於妳要和誰一起　和誰一起選擇誰一切掌權在妳都在妳　所以所所所以如果仔細妳　仔細推想回去其實很多時候會有那結果　有那結果也都是由妳這邊開始的噢」

南極企鵝一個樣子像在說教似地：「離開的念頭是由妳這邊開始　開始開始　開始衍生的噢對方只不過　只不過是順著妳的意思走下去　走下去順著妳的意思」

「萬法為心照」南極企鵝說。很稀奇的口音，說法和用句都極爲標準。

牠並非如牠自己所說的只是一隻普通的南極企鵝而已。我心裡突然強烈的這麼感覺。或許是哪界神祇的化身也說不定。這當然只是我自己這麼以爲罷了。當然我也不是迷信之徒，甚至堅持科學態度到幾近鐵齒的程度，所以這種想法立即爲我的理性抹滅。

「萬法爲心照……」我搖搖頭莞爾一笑。

「不要小看這句話噢　不要小看它解釋妳困惑的一切　解釋妳困惑的一切」

我埋回書桌上的稿堆裡，心裡依然盤旋企鵝方才所說因而無法專心工作。或許企鵝是明智大慧的，企鵝明瞭我所不明白的一切。雖然低潮的兩年已經過去很久，但至今回想起來胸口處——那處喚叫「心」的地方，猶會隱隱作痛，無法克抑自己眼眶泛紅。

我並不懊悔那曾有過的低潮歲月，雖如身陷煉獄，但若不經一次死亡又該要如何投生？又怎知「生」的意義？雖這皮肉依舊，但新生的靈魂、新生的心卻更懂珍惜、更能體會這世界。有高山必亦有深谷，若不經淵谷又如何攀向另一個高峰？所幸當初選擇的是「心」的投生而非身。

每個人至少都會經歷一次吧，這種脆弱不堪一擊。許是上帝賦予的試煉，要生於安逸的也習得懂得吃苦。幸運的，只消二、三個月；沒那麼幸運的，可能又拖上個幾年，甚至可能一蹶不振。

「看看我，曾那樣死過，如今還不是好好活著。所以人生是沒有甚麼經不住的風浪……」當有人（朋友）對我發出求助訊號，我便都以自己為例去勸慰想輕生的朋友。轉個角度、換個心情，便是又一個嶄新的人生，不是嗎？

＊＊＊＊＊　＊＊＊＊＊

佇立窗前，眺望遠方的夜空。不知是今晚星星真的太少，還是城市喧囂的燈火迷濛了星子的下落。倒是童心未泯的雨點兒爭先恐後地流落街頭，染黑了這片灰色森林，好像在這座冰冷的石灰叢林中有許多有趣的糖果和玩具，只稍慢一步就會被先到的搜括一空似。偶爾我會像現在這樣稍稍停下手邊的工作，抽著煙、望著夜空、想想過去。但只是偶爾的偶爾。真的。真的……因爲我不想自己又承襲過去（重生前）的陋習，太容易沉溺陷深於回憶而不可自拔。

「只是……偶爾……」不自覺嘴裡也說了。

「甚麼　甚甚甚麼妳說　甚麼」企鵝坐上我的稿紙。我差點忘記這隻煩人聒噪不休的企鵝還在旁邊。

「沒甚麼。」我說，順手將企鵝抱到一旁埋首繼續工作。南極企鵝坐在一旁投以迷惑的眼神。

「對了，你今天怎麼回事，來的時候全身溼答答的。那時候沒下雨不是嗎？」與其被企鵝搶先囉唆些有的沒有的，倒不如由我這邊起頭，至少這樣我比較能夠掌控話題的起始與延續。

「是沒下雨　沒下雨啊」沒完沒了的企鵝此刻神情顯得有些無辜。無辜容易博得同情。

「掉進旋渦掉進去很可怕　很可怕害怕南極企鵝怕怕一不小心　不小心就死掉」企鵝的神態由無辜立即轉變成爲恐懼，汗水涔涔滑落。

「旋渦？這附近並沒有河流啊！連能勉強稱爲河或溪的都沒有，大水溝倒有一條，在黃昏市場旁。如果你要稱它爲河也說得過去，畢竟連人都能容納三個的寬度，對你而言的確是河流。」我說。

「不是不　不是　不是那條　」

「噯，我不管你是在哪兒遇上急湍旋渦。雖然說你堅持不願意上醫院，但我還是要帶你去檢查。」說著說著我抱起被汗水濡濕的企鵝，發現牠正發著高燒。方才不是還好好的嗎？我心裡充斥千百個疑問。但在這個時候實在也顧不得這許多了。

我將企鵝用毛毯小心裹好置於前方右座，以安全帶扣緊固定以免牠不慎跌落。車子向台大醫院急駛而去，也管不了紅燈綠燈的，只想著企鵝的病能早一刻好轉。到急診室入口，車還沒熄火便慌慌張張抱起旁邊的企鵝衝進急診室，深怕晚一步會失去這聒噪的小東西。耳際依稀聽見企鵝痛苦的呻吟：「回回憶　憶寂寞　寂寞遺棄呼哩哩　呼」

「醫生，拜託！請救救牠！」我著急得雙頰直劃淚痕。然而當醫護人員急忙跑來接過我手上的毛毯打開時，南極企鵝卻不翼而飛。我濕紅著眼痴呆呆地望著這群錯愕的醫護人員，連忙道歉。愚人日快樂，我說。然後帶著滿背的責難離開。

車子走在中山南路上，天色已是微明。臭鵝！我心中暗罵。同時也爲著牠的突然消失而納悶不已，也擔心著牠的病。百感交集心頭。

我繞往永和欲解決我的民生問題，再怎麼氣憤、擔憂，肚子的問題還是得處理。於是在豆漿店吃了燒餅油條和一碗鹹豆漿這才回去。回到住處樓下時已經是九點過一些。一進家門便迅速解脫身上一切束縛，換上輕鬆的短衣短褲後癱倒在軟綿綿的床上呼呼睡去。

甚麼低潮，甚麼寂寞，甚麼企鵝，管它的！

SUNTORY

冷血。惡魔的詭計。

築剛：

驚訝嗎？當你收到我的信。在分開的兩年當中，日子過得還好吧？

上週末與三、五好友走了一趟九份。記得嗎？那是你我常去的地方。那裡大部份都還維持兩年前的模樣，景物依舊，人事已非。唉……

也不是什麼特別的原因要我寫這封信，只是，只是突然地想到你而已。真的，真的突然地想到你的事而已。但願這封信不會造成你的困擾。就當是一個多年不見的老朋友的問候好了。

想必現在你的身旁已有個她。但不知你會不會也和我一樣，儘管所交往的對象條件是如何優異、對自己也是好得無以挑剔，卻就是沒辦法眞正地開心，嘴上雖掛著笑，心底卻泛起一絲落寞。爲什麼？你知道原因嗎？我也知道這想法對他不是很公平，但感覺的事豈由得人操控，所能做的也只有盡自己的相待，如此而已。儘管很多時候都覺得像是例行公事一般，卻也沒辦法。畢竟一直以來都無法明白、無從追究這感覺的始故，只是胸口一直像有什麼東西硬硬地哽住、糾結著。終於，我再也看不見這世界的色彩（所處的盡是一界黑白），再也感受不到這世界的溫暖（周身盡爲冰山寒川），甚至連呼吸都顯得微薄而困難……直到現在，你我分開的兩年後我才恍然明白。原來，原來一切的一切只因爲自己愛著的是你。不知自何時起自己竟然愛你？或許，這才是驅使我寫這封信的主因。但請你別將此以爲壓力，一如我先前所言，就當是一位多年不見的老友問候吧。

你和我的性情其實極爲相近，都是那麼的飄忽不定，也都同樣無法掌控自己的情感的軌道，好像就這樣註定一輩子漂泊下去永世無盡似的。不知道你怎麼想，我是已經累了，對這種飄無定所的情感生活已經深感疲困、倦厭。眞的、眞的很累了。

我不想這一生留有遺憾。所以，所以我告訴自己，當我發現自己愛了誰，不管相隔多遠、不論時間多久，也要讓他知道我的心意。所以……所以……我愛你。驚訝吧，在我講出這句話竟已是兩年以後的事情。而若是你想笑就儘管笑吧，也或者在你心中已油然升起一絲勝利滋味。果眞如此，那便表示這一切在你只不過是消遣、是遊戲。無所謂，如果你眞這樣認爲。那麼，我也便更清楚地認清你了。

話不再多說，就此擱筆。祝快樂。

你應知道我

＊＊＊＊＊　＊＊＊＊＊

信寄出去已經三個多月，開始後悔自己那份無聊的衝動。就算他看了又怎樣呢？都分開兩年了，要有心的話也就不會拖到現在了不是嗎？心中一再一再自責。

「我昨天做了一個夢，一個奇怪的夢。」我說。

「你哪天不做夢呀。」老鷹嘲諷道。我苦笑，接著繼續被老鷹打斷的話：「我夢見他回來找我……。我們在他的住處談了好多好多，然後一番翻雲覆雨的纏綿，而最後，我還是選擇離開。」語畢，啜飲一口手裡的 Horse's Neck 藉以滋潤乾澀的喉嚨。手指拉起克臨斯杯中旋長的黃色萊姆皮順時鐘轉動，杯底的氣泡紛紛朝往杯口的方向緩緩飄升。我神情黯然痴呆地望著手中的酒杯。

星期一的夜晚，那些罹患所謂週末症候群的人們幾乎都在迴避，躲在各自的屋裡像是恐懼著夜獸的暴虐般害怕著星期一的夜晚。一直要到周三以後才又慢慢群聚一起，在週末達到瘋狂鼎沸然後隔日又再急速消卻，如此週週重複循環上演。

整個 PUB 裡的客人只有我和老鷹而已，生意清淡得讓老闆和伙計兩人輪番打著哈欠。

「就這樣?」老鷹問。我連忙搖頭。

「……正當我起身要走，胸口竟汨汨流出鮮血。他追出公寓並抓住我的手臂不放，我因爲怕他看見胸口前淌出的血便用手捂遮胸前，並用力抽回被拉住的手，頭也不回地跑開……」我喝乾杯裡的酒再接著說：「我離去時，他卻佔站在原地看著我遠去的背影。而我，一路上血湧不斷，越流越多……越流越多……」

「你還是忘不了，甚至對他的事還耿耿於懷。餘情未了？」

我搖搖頭，「我自己也不太清楚，或許眞是你說的那樣吧……」我嘆了一口氣，便轉頭向吧檯裡的伙計點了一罐啤酒。

難得安靜的夜仍在繼續。

＊＊＊＊＊　＊＊＊＊＊

就如同我所認爲的那樣，鷹的確是一個厚道老實、理智而善於傾聽的人——撇除他個人的「性」趣不談。所以自從那個豬籠草的夢以後，和鷹的關係也漸漸改善許多。

吵鬧不休的鬧鐘竟整整遲了一個小時才將我自甜蜜溫柔的夢鄉帶回現實世界。我叫了一聲「糟糕」便急速自床上躍下衝入浴室沖澡梳洗；肥皂方抹了一半，客廳的電話又大肆喧響，我帶著一身泡沫衝到客廳。

「Hello，鷹嘛。我正在洗澡，待會兒就過去了，因爲鬧鐘壞了，響得太晚。你再等一等，我會儘快。」我接起沒等他開口就嘰哩叭啦的講一大串。

「你……在洗澡，等一下要出門？」話筒裡傳出陌生得聲音，但又不全然陌生，像是曾經在哪兒聽過卻又不熟悉，想不起來是誰。

「你……哪位？」我很奇怪，既然這人不熟又怎會有我的電話？基於自我防衛的本能還是探探此人的來路要緊。

「你認不出我的聲音？那你總該記得在你認識的人裡有個高高瘦瘦戴眼鏡的男生吧。」

我用力想了半天，實在想不出來有誰是高高瘦瘦戴眼鏡的，「高高瘦瘦的人是有、高高壯壯的也不少，就是不記得有高高瘦瘦戴眼鏡的。你乾脆直接告訴我就好了，何必牽拖這許多。」我不耐煩的說。

「是我，檠剛。」

「！」我驚訝的接不上話，呆愣住腦袋一片空白，手中的電話險些掉落。信的事已經過去半年，早就放棄等他的打算，甚至可以說根本忘了有寫信這回事。

然則「是我，檠剛。」比起任何提神食品或藥劑都來得奏效N倍，本來還存留的一半睡意這會兒全消了；雖說是完全清醒了，卻又不禁疑惑是否猶在夢中，因爲半年前的期盼終於發生。

「晚上有空嗎，今天？」他問。

「今天晚上……」

「還要考慮呀。」他的口吻聽起來有點撒嬌。我苦澀且尷尬地笑著：「大概明天才會回來。」

「那我明天晚上七點去找你。」

「七點……七點……七點應該可以……」其實根本不必等到隔天，但因爲來得太突然實在需要一天的時間讓自己做心理上的調適與準備。

「那明晚七點見囉。」他笑著掛去電話。我腦袋一片空白，「他眞的來了……」嘴裡喃喃自語，我不知此刻的心情應該算是驚訝還是高興、甚至是什麼形容不出來的情緒。

「他回來找我了！」我對鷹鷲聲吼叫著。

煦陽暖暖微風輕拂的至善公園裡散落著雙雙對對的儷影，當然也有一家大小連同阿公阿媽也帶上的闔家樂，但大多是甜蜜蜜的愛侶——當然不包括我和鷹這對。池塘中肥美鮮麗的錦鯉爭食著池邊游客的食物，被驕慣餵養的魚兒們幾乎已經到了只要你站在池邊裝作丟飼料的動作，牠們就會爭先恐後的游聚過來。以前常常我會這樣騙騙這些壞習慣的魚，然後看著牠們知道被騙失望可笑的表情大笑。

「我們也去買些飼料來餵牠們吧。」鷹看著那些餵魚而興奮叫著笑著的人們，自己也忍不住想嘗試那種快樂。

魚飼料的販賣機也做成錦鯉的造型，拍噠一聲長長的塑膠罐的從大鯉魚的尾部掉出來。「這應該算是魚的排泄物吧。」鷹玩笑說。「噁心」我罵道。我們走回原來的位置坐下，那是位於園中央的一座二層樓涼亭，中式漢代建築貼心地在一樓靠池塘處設計一排長長坐椅、沒有圍欄，好讓游客能完全安適地欣賞池邊春色，能坐著聊天休憩餵魚。

「台北人眞無聊。這裡上班上課的時間放著正事不做卻跑來公園裡餵魚玩。只是餵餵魚而已嘛，高興成這模樣。」我望著另一頭餵食的人們，邊說邊把手裡捧著的綠色魚食撒往水裡。

「你自己還不是無聊的台北人，一樣啦！」鷹笑瞇瞇著調侃，也邊撒著彩色的飼料餵魚吃。

「你還沒說完咧，他的事。」鷹又說。

方才激動的情緒不知不覺因爲餵魚的事轉移專注而平靜下來，彷彿我們只是純粹的餵魚而已。鷹提起提醒了我，才又想起來此的眞正目的——本來是要去其他地方，但我說需要安靜的地方解煩才來這春光明媚的公園。「唉——春色惱人呐！」我說。

「你打算第三次的復合？」鷹問。

「我也不知道……甚至不敢去設想太多。」我的神情顯得極度落寞、困擾與不安。

「怎麼，我們狂蕩不羈的浪女終於要靠岸啦？」鷹又一次調侃，彷彿唯有如此他才會得到快樂似的。

「這到底是岸，還是港灣？抑或是海市蜃樓都還是未知數呐。」我說，言語更是落寞。

「那你這一次又爲的是什麼？接二連三的分分合合有什麼意義？演連續劇呀！」鷹責備著說。我知道他的責罵是基於朋友的關心，換作是我也會這麼做，所以並沒有也不打算與他爭執。

「是他回來找我的。」

「是你給他機會他才回來找你。」

「那明晚七點的事拒絕他好了……」我像是做錯事的孩子似地，低著頭心虛地偷窺著鷹生氣的表情。

「如果你眞打算拒絕，就不會現在杵在這兒苦惱；如果你眞打算拒絕就不會一開始就答應明天的事；如果你眞打算拒絕，就不會……」

「好了，我知道我知道！」我截斷鷹的嘮嘮叨叨，又嘆了一口氣，眼神飄向遠方卻抓不住方向。

「對不起，明知道你現在的心情很亂還這樣責備你。唉，明天的事明天再說吧，現在想這麼多也沒有用反而弄得自己更煩躁。去走走散散心好了，再杵在這裡給你煩下去，我想不消一日你就瘋掉了。」鷹將我沉重的身體拖起來，拉著我在園內的花草叢中一圈一圈地走著。

陽光溫柔的灑在高興和不高興的人們身上，也公平地給花給草給四處遊蕩的狗。池塘邊又換了一批人興奮地笑著叫著說著餵著池裡疊疊爭食的錦鯉。

＊＊＊＊＊　＊＊＊＊＊

「嗨，好久不見。」晚上七點，他準時來到樓下按門鈴。見面即做一句這樣俗不可耐的開場白。

「怎麼不是『我愛你』？」我半開玩笑的說。他笑笑並習慣性的推了一下鼻樑上厚重的眼鏡。我仔細由頭到腳打量著他，就如同與他初遇時一樣的方式打量，除了眼鏡由黑換成金色框、皮膚也黝黑了些以外，其餘並沒有多大的改變。我並沒有嗅到更成熟的男人味兒。

「你變了，頭髮短了，亮麗了、看起來也更成熟了。」他說。

「但你卻沒變。」我回說，又一次從頭到腳的打量。他身著一件深藍色格子襯衫配上淺藍色牛仔褲及一雙咖啡色皮靴，手上提著一只四開黑色書袋，顯然是直接由工作處趕來。

「去哪兒？決定吧。」他說。

「心靈清靜地。」我回答。

我所謂的「心靈清靜地」是在住家附近丘陵上的小小公園平台。丘陵邊緊貼著一座廟，廟裡供著觀音、佛陀、地藏王菩薩等佛教神祇，不管白天或夜晚都可聽見寺廟裡虔誠的經頌，再紊亂的心神都能爲這寧靜的寺宇天籟而變得平靜。我喜歡到這廟旁丘陵山腰上的木製平台沉思，其實它就處在台北大城市裡，卻奇妙地像是塵世外的仙境，鳥叫、蟲唧、蛙鳴，風沙沙拍響樹葉，我總是躺在平台上的長椅閉目凝神傾聽大自然的耳語。所以我叫它作「心靈清靜地」。

山腰上的平台有兩處，我常去的那個已有人搶先我們一步坐著抬槓，只好委曲折向另一個坐下。蟲唧、蛙鳴、經頌、沙沙風響，我和他一直維持著沉默不知該說什麼。

「你……」

「那個……」雙方都又同時開口想打破這尷尬的沉默，彼此推來讓去的要對方先說。

「你想過我們的事嗎？」我先了。他沉默片刻若有所思的模樣，才點了點頭表示承認。

「眞的？」我再問。這次他毫不考慮的說：「眞的。」

「那她呢？」我說。

「誰？」

「別裝傻，還會有誰？雖然我不認識她。」

「噢，她呀！」他似若恍惚地說：「在第二次和你分手……不，應該說是我無緣無故消失，disappear，我又遇到她。她是早在你我之前就認識了，國小、國中甚至高中都上同一所學校，她默默的暗戀我五年直到高中畢業。當然在學校時我也對她頗有好感，甚至曾經有機會在一起，但因爲那時還有另外一個人也喜歡她，先向她表白，而我卻遲遲不願表態，所以她就答應那個人交往。」他點起一支 SEVEN LIGHT，嘴裡的煙半吞半吐，接著說：「我和你第二次分手那時是高中畢業後的九年，我回五股老家時在附近的雜貨鋪遇見她。一番談笑以後，那股高中時代相互眷戀的感覺又再次重燃心頭，於是我們正式交往。後來搬進一間十來坪套房一起生活了兩年，吃喝睡寢無一不在一起，幾乎相互成爲對方的一部份。大致來說都還不錯，生活習慣種種也都配合得很好……至少表面上看來是如此……但我總覺得哪兒不對勁……」男人的神態看起來落寞與茫然，但卻嗅不出一絲絲哀傷。

「既然都很好又怎會不對勁？她的條件無論外表、家世或內涵不是都不錯嗎？」我說。

「她各方面的條件是不錯，但和她在一起總是感覺不到快樂，儘管表面上有說有笑，其實心裡是如何也高興不起來的。」

「既然不快樂，又維持兩年？真不簡單！」我哼一聲冷笑。

繫剛報以尷尬的笑容繼續說：「我也不知道這兩年是怎麼撐過的……剛開始的時候，直認爲這種情況應該可以獲得改善，只要彼此用心維繫。」

「『心』？我有沒有聽錯？你還知道這世界有『心』這種東西存在呀——」他過去所爲實在

不得不令我如此說，方能稍減心頭之憤。

「你在挖苦我？」他扔去手中火光未滅的煙蒂，又點上一枝新的，打火機將煙草燃燒得嗤嗤作響，他吃了一口、手指輕撫煙枝：「十二個月前我們決定結婚，她的家人也爲她準備好了嫁妝，就差挑日子辦手續而已。而我也覺得和她結婚沒什麼不好，一切都來得那麼自然且應該，儘管那種不對勁的感覺一直都存在。但，有一天清晨我突然自睡夢中醒來，恍然深覺，如果下半輩子要和這個人過，朝朝暮暮都看著這張臉，實在沒有比這更可怕的事！」

男人眉頭緊蹙：「雖然這麼說對她不甚公平……」

「於是……你和她分手回來找我？」我問，想弄清楚男人的心態，「或許只是想填補情感的空虛也說不定」，他曖昧不明的態度，很難不教人往那兒去想。

他搖搖頭：「並不全然……我和她分手並不是因爲你，我不希望你因此而胡思亂想什麼，或是有什麼內疚。我和她純粹是我和她，我和你也只是純粹的我和你兩人的事，兩者並無關係。」

這句話聽得我好氣又好笑，什麼理由我要胡思亂想？又是什麼理由我要內疚？我同情那個準備嫁給這個爛心蘿蔔的女子，愛上一個不值得愛的人——也同情自己。

歷經三次的分分合合，可以粗略歸納出這男人的行爲模式：追求過程中，他可以爲你服一切勞動役，倒水、開門、拉椅子、煲湯煮飯洗衣服，但只限於你在他身邊的時間。其他時候，不管你是出了狀況生了病，甚至被車撞斷了手腳（可能這麼形容稍微嚴重了點兒，但就算只是受了輕傷），就不在他管轄範圍之事，「只要是人還活著、還能走，就算是手斷了也能自己攔計程車上醫院，不要去麻煩別人。」男人曾經對我這麼說，我想，他所說的『別人』其實就是他自己。

這種態度不會因人而異，因爲這是桀驁的天性，這天性積累於幼年的成長遭遇。憑就一身坎坷，博取多少紅顏同情，畢竟女性的母愛是偉大而本能的，母性的本能演變成愛，於是愛上往往不能自拔。總之，我認爲這種殘酷的冷血是多少勞動役也彌補不了的，難道我自個兒有手有腳不會倒水開門拉椅子、煲湯煮飯洗衣服嗎？

然後是分手。男人會費盡言辭爲自己脫罪、極盡言辭地保住自己顏面，自認多情、自許瀟灑，好像全世界的女人都願意去倒貼他，和開始全然兩樣。「是你先喜歡上我的，所以……」

（兩情相悅，誰先喜歡誰真的重要嗎？）

「我們連男女朋友都稱不上吧，只能算是嘗試交往……」（果然真是「嘗」試的交往）

「我過去所說的話都是爲了配合你，因爲你想聽那樣的話才說，並不是我眞心……」（這樣的人，哪句話才是可以相信？）

這些都不算厲害，最絕的是在男人離開又一次回頭時他會說：「站在普通朋友的立場，你適合成熟的男人而不是我這種……因爲我是你的朋友才會說這些……」不到五分鐘，這位「普通朋友」會吻你的唇、試圖侵略佔有你的肉體，我懷疑，這是普通朋友會做、能做的事。坦白說，這種歷程接二連三的一再重演，就如同一部電影連續反覆再看，所有片中的高潮也會變得索然無味、所有虛僞架構也能一一視透。

「要怎麼做你才會原諒我？」檠剛彎下腰，臉幾乎貼了上來，凝神注視著。我低著頭飄望一下他閃動的眼睛並不打算作答。「難道要我跪下你才肯原諒？」他用幾乎撒嬌的語調說著。

「跪呀！」我說，心裡明白這個極顧尊嚴的獅子座膝頭是裝了釘子的。我輕嘆一口氣，握住他冰涼的手。平台旁的寺宇傳來比丘們的晚課聲，我心中默禱這一次是眞的穩定了，海上漂流的滋味其實並不好受。

*****　*****

電話很準時的在我和檠剛進門時開始叫鬧。

「你不接？」我見他壓根不理會那聲響，這種舉動令我不禁奇怪，彷彿是在避著什麼人。心中大概有了底。

他向吵鬧不肯罷休的電話瞟了一眼，目光冷淡：「我不太想接到某人的電話。」

「既然不想接到她打來的電話，又爲什麼給她號碼？」

「這算是一種責任感吧，我不希望她認爲分了手就撇清一切責任，至少在剛分手時讓她還找得到我。」他冷言道。

「不接她電話和不給她電話有什麼分別？只是前者讓你良心比較好過罷了，你只是個表象的君子罷了。」我冷語回說。終究是重自尊的獅子，小小冷語迫得他不得不接起那通他不願聽的傳聲筒。我躺在男人身後的單人床，三坪不到狹長的套房，辦公桌、衣櫃、置物櫃、電視等幾乎把房間塞得滿滿只留人身大小的空間以供行走，男人坐於床沿對手中的話筒聲語嚴厲的應對著。我實在對他們的談話不甚興趣，但由於距離眞的太近，根本就在身邊而已，所以不想聽見也沒辦法。

「……妳說這是什麼話？我又沒欠妳，自己的事妳自己要想辦法去解決呀，什麼都要靠我要靠到什麼時候，難到要我幫妳擦一輩子屁股不成？我也有我自己的事呀！」犖剛在我身後，背向著我斥聲對話筒吼叫。我假寐裝沒聽見，一切與我無干。半小時的爭吵，他用力掛去電話，雖然相背著沒看見表情，也明白他此刻的心頭火焰當熾。

「怎麼，睡覺了？」他經過一段的靜默平復了激動的情緒後，轉過身溫柔的對我耳語。我將雙手自他兩臂下穿繞深擁，頭額、粉頰、紅唇、柔頸、酥胸，他逐一往下親吻……呼吸開始急促……

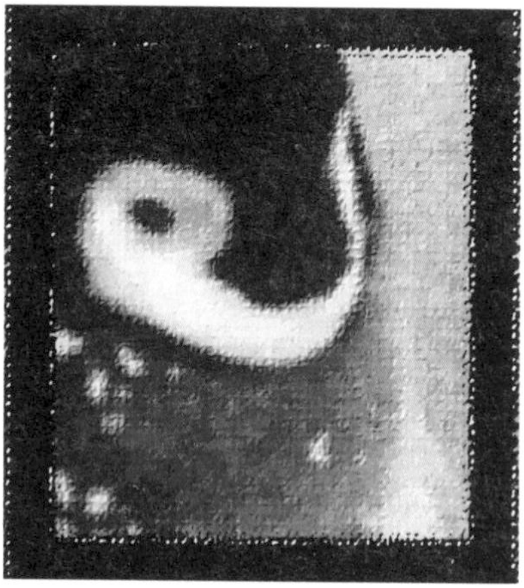

南極企鵝與我的對話IV。永遠無法恨他。

自從南極企鵝在醫院悄然消失便沒再出現，連續三個晚上我滴答滴答數著牆上的掛鐘，分一秒，等待著企鵝像往常一樣的出現，但牠卻像虛無了似的。感覺上牠似乎就在案頭，在我周圍很靠近的地方看著我，可以呼吸到牠的存在，卻找不到。

「喂，企鵝！鵝呀，南極企鵝！」我對著房間的空氣叫喚。哪個不知情的人見了我這個樣，一定以爲我腦子有病。我不確定這麼做是不是有效，企鵝就是否可以聽到？

「喂，南極企——」　「呼哩哩呼——」

「呼哩哩呼哩呼　哩哩呼哩」是牠的聲音。剛開始我還無法辨聽聲音的來處，在房裡四處翻找任何一個牠可能躲藏的空隙。再仔細聽，摒住呼吸、閉上眼睛，那微細的呼哩哩聲音。像蟋蟀般清脆而響亮。聲音原來是從書桌底下傳出來。

「哎哎，你在這兒啊！」我趴下右臉貼著地板對桌子底下的企鵝說。企鵝躲著的地方是書桌緊靠著牆壁的死角，燈光無法投射的角落，所以並不能很清楚的看見企鵝，僅僅只能夠隱約辨出牠身體的輪廓，知道牠在那裡而已。

「呼哩哩呼嚕　呼哩呼哩嚕」企鵝稍稍轉動牠圓滾滾的身體。由於視界過於陰晦不明，實在也無法猜測企鵝面朝哪個方向。

「你的病……好一點兒了嗎？」我問。企鵝停止了聲音，左搖右擺緩緩走出來。牠爬上書桌噗的一聲在檯燈上坐了下來。我仔細端詳企鵝的臉色，羽毛閃耀點點金光、雙頰紅噗噗的，看來牠的病已經好得差不多了。

「你上次那樣突然的消失不好哦！害我被醫院的人誤會是騙子。至少，你也得說一聲再走吧。」我說。

「對對不起　對不起」企鵝有點不好意思的抓抓頭。

「算了，都過去了，我也不是那種會計較的人。」我把方才翻亂的東西整理好坐回桌前。

「你今天呼哩哩的聲音很奇怪，似乎和以前不太一樣噢。是上次的病影響的？」我又說。

企鵝低著羞愧的臉偷瞄了我一眼，然後若有所思的看著地板。

「幹嘛呀，一副哲人的模樣。有什麼就說吧。」我用手托住下巴，靠在桌上等著企鵝說出什麼個令我驚駭的話。

「呼哩」企鵝噗了深長的氣：「你還是　還是選擇了他沒愛你的想法　不愛你的想法　呼哩」

「你的嘆氣眞好玩呵。」

「本來你是真心　本來是真心期待他的回頭但　但卻因為　卻因為你的懷疑而改變了心改變了結局　改變了」

「你眞想談這件事？」我本來說笑的臉立即爲嚴肅，甚至有些兇悍。

「為什麼你　為什麼要懷疑明知　明知道他也很用心他會回頭的只有你　只有你又　又為什麼懷疑」

「哼！」我沒笑，神情鄙睨：「如果他眞的用心就不會第二次又玩相同的把戲。」

「他這方面這方面和你很像都是　都一樣是浪子的本性浪子很容易　很容易就想逃走就逃走想逃走說是不相信　說是不相信別人其實是不確定自己的心不確定」

「你一定要再談他的事嗎？」我極度不耐煩。

「不是我想不想要不要談　不是我而是　是必須　必須有什麼人和你談　和你談談才行」

企鵝一直保持著不急不燥的鎭定姿態，活像個應診的心理醫生。

「不需要。」我斷然說。

「很多時候　很多時候很多事你都知道很清楚　知道別人的事　你都很清楚知道只是你無法　無法掌控自己　無法掌控又不能忍受他比你先逃所以你　所以心變了」

「確實他並沒有告訴我她的事，而我卻知道一切，這倒是把他狠狠地嚇了一著。」我說，伴以陰笑。

「這能帶給你什麼快感　什麼快感嘛其實你自己心裡　自己更難過　比他更難過你這麼做」

「我是惡魔。惡魔怎會知道什麼是傷心難過。」我走近櫥櫃拿出昨天喝剩的半瓶紅酒倒一杯在高腳杯中。溫潤的緋色液體緩緩通過喉嚨，擴散全身成一股酣釀舒暢。

「每個人心中都有天使　都有天使也有惡魔」

「不，我只是純粹的惡魔。這是人類祭獻於我的鮮血，求的不是寬恕，而是慾望！」我高舉起酒杯高聲說，語畢將杯內的酒一飲而盡。隨後又倒滿一杯。

「你想聽嘛？關於他的夢，關於我變成惡魔的夢⋯⋯」我轉動手中的酒杯失神凝望著說。

*****　*****

「轟——」窗戶外轟然巨響，雨隨即叭答叭答的敲打玻璃窗，感覺就將破窗而入似的令人不安。震耳欲聾的雷響和滂沱的大雨打攪得我無法清夢。我枯坐在床上，感覺腦的中央透出陣陣刺痛。

「嘖，煩人的雷陣雨！」我不勝其擾的一句咒罵，雙手拇指緊按著兩處太陽穴猛搓猛揉。腦裡的嘎嘎痛響終於得到了一點舒緩。任誰的酣美好眠被打斷都會脾氣暴躁、心情不佳。

我側身靠著窗櫺點燃一支香煙，由三樓住處往窗外的街路下望，來來去去撐舉著各式各色傘的行人、穿著雨衣奔馳而過的騎士、因爲視線不良而放慢速度的汽車。看看右手腕上的ellesse潛水錶，是下午一點三十二分。

「這支錶是瑞士手工錶，專爲潛水的人設計。除了可以深到二〇〇公尺深海都沒問題外，錶面的計時裝置可以提醒入水時間……」當初在鐘錶店買錶時，店裡的小姐很賣力的介紹。結果這支錶買來半年，卻是一次下水也沒有過——倒是洗手碰了水幾回。是不是眞的可以潛水二〇〇公尺我不知道，除此之外它的確是一支好錶。

「他現在正做些什麼呢？」我心裡念著。過去的回憶片片甜蜜湧現心頭，我將自己投進回憶的潮水中良久不能自覺，當我回神過來時竟發現自己的臉上掛著微笑。「與其單方面想著，不如找出來一償相思」的念頭閃過，滴滴嘟嘟按下電話。在響了第六響的時候有人接了起來。

「你——在做什麼？」我以極其溫柔嬌羞的語氣問道。因爲對方是一個人住，故無疑有他不等對方開口就搶先著說話。

「你……你找誰？」接電話的用力喘息著說。

是・女・人？我遲疑了一會兒，以爲自己打錯便連聲道歉掛去，並再重撥一次。

「嗯……你找……誰？」出現的仍然是同一個聲音，呼吸更爲急促地說著。我很確定自己並沒有撥錯號。

「呃…麻煩請找檠剛。」我說，這突發的狀況驚愕得有點兒口吃。

「檠剛？」女人似乎過於用力的喘吁與呻吟，以致於無法一次講出完整的句子：「……你呼……稍等……稍等一下……」（好熟，這聲音。）

女人拿開話筒嘰嘰咕咕地向身旁的人問話。另一個熟悉的低沉聲音與她交談。我努力想知道他們說什麼，但話筒實在被拿開得太遠，透過空氣的分子撞擊震動、再經由電線傳遞，到我這兒僅僅是咕嚕不清的人聲。

（我認得這聲音！她是檠剛的前任女友。而在她旁邊的……那個低沉沙啞的男聲是……是……是檠剛……）我幾乎不敢相信自己的耳朵，不敢相信這是事實。這是夢，我告訴自己。

「嗯呼……他正在忙……你……半個小時後再打來……」（正在忙？電話不就在床邊……難到他們正在──做愛？）

「喂，妳……」我開口欲吐滿腹疑竇，但女子卻沒等我說完就切斷電話。一直到斷訊的前一秒鐘，吁喘與呻吟仍在持續。

我感覺胸口有什麼正在燃燒，熾熱難熬。顧不得屋外電閃雷掣雨勢滂沱、顧不得去想雨具的事，飛車朝他租賃的住所衝去。機車以最快的時速在路上奔馳，雨一刀一刀痛割每一寸皮肉，這痛楚卻遠不及胸口那塊正被撕扯，正汩汩流著血的痛處。

＊＊＊＊＊　＊＊＊＊＊

「就這樣就這樣⋯⋯」企鵝問。

「不過是夢　是夢而已並不表示他會那樣做　會那樣做吧」

「會不會做是其次。根本打從他回來找我的第一天起我就不相信他，就認爲⋯⋯不，是「肯定」他又會一次故計重施。」我說。

煙只剩最後半支在手上，半瓶紅酒也早已喝得精光。

「當我自夢中驚醒，看見身旁他熟睡的臉⋯⋯胸口延續著夢中那股煦熱。」

我捻熄手中的煙接著說：「那時，眞的很想⋯⋯」

「殺死他　殺死他」企鵝接續我的話。

我笑笑：「那只是情緒的一種極致而有形的意念表示，並不表示眞的非得殺他不可。」

「但是　但是你的確有殺他的想法想　殺他的念頭噢」

企鵝的臉朦上一層恐懼，好像我殺了誰似的。但我知道這只是牠的玩笑舉動罷了，我相信企鵝是知道我的。我相信牠。

「當某種情緒到達極致，已經不是一般形容詞可以形容。唯動詞的借用可以表示內在情緒到達的程度吧。比如：我想氣得砸東西、想揍人打架、想殺人或是我高興得想親吻、想擁抱、想向全世界高聲喊叫等等。這只是借用，並不代表真的一定得照著做。」

雖然我知道企鵝知道，但總覺得還是再解釋明白一點的好。

「有的人吶，就是不甚了解這『借用』的道理，被極致的情緒沖昏了腦袋，這時動詞就成爲純粹的動詞而對別人或對自己造成傷害……這是不智之舉。」

「我知道　知道你不會真的　知道不會」企鵝說。

「嘿，可以給你一個擁抱嗎？」我微笑著說。

「情緒的動詞借用　動詞借用」企鵝又驚又滿是狐疑的問。我笑笑抱住企鵝在牠額頭上輕輕吻了一口。

「是形容詞的借用，也是純粹的動詞。」我說。

暫時我撇下南極企鵝，散步走去巷口的 7-ELEVEN 買煙。抬頭望著夜空，意外發現今晚的月亮格外的圓，份外明亮。

「今晚的月亮，是寂靜沉靜的太陽。」我猶若詩人般歌頌月夜。月的明亮並非心境所致，而是實際上它確實比平常來得圓、來得光。但，如是美哉的月夜又有誰和我一樣有心仰首欣賞？開始覺得，月的美對這庸庸碌碌的灰冷叢林似乎有點兒浪費。當然這只是我個人的感覺罷了。

走出 7-ELEVEN，一時興起轉往另一條馬路的小巷進去。踏上熟悉的階梯，平台依舊保有以往的沉靜，有多久沒再來這心靈的清靜地了？日子好像久遠得遙不可及，無法算計。風颯颯吹著。當我到達平台時，企鵝早已端正地坐著等在我的「專屬長椅」上。

「你知道我會來？」我走向企鵝身邊坐下。牠瞇瞇著眼睛（也可以說幾乎要閉上了），優雅而靜謐地享受著夏夜涼風輕拂，一副很舒服涼快的模樣。

「呼，今天沒什麼人噢。」我深呼吸一口鮮美空氣說。也和企鵝一樣，閤上雙眼沉醉入夏夜的微風裡。時間窸窸窣窣自身後輕手輕腳地走過，以慢於烏龜的速度，像是怕被人發現它的存在似地。有企鵝在的夜晚總是顯得特別漫長，僅僅三十分鐘過去，卻如同一個世紀般長久。但雖然長久，卻一點兒也不覺得痛苦難熬。這應該是企鵝的神奇力量吧，我這麼認爲。

「對了！給你看樣東西！」像是突然想到什麼靈感或發明似地，我跳起來叫道。這不靜中突兀的叫喊硬生生給企鵝嚇了一大跳，從椅子上跌落地板。

牠皺緊眉頭——雖然企鵝並沒有所謂的眉毛，但縮皺的那個部分確實是屬於眉的所在。牠揉著跌痛的屁股沒好氣地說：「什麼呀　什麼是　什麼啦」我爲嚇到企鵝的事道歉了，但還是忍不住笑，因爲企鵝受到驚嚇的表情實在太滑稽。企鵝嚴肅起表情等我笑完。我也很識相的停止、忍住笑氣，然後手指著長椅連接的橫欄上一排字跡。大概是用麥克筆之類劃上的吧，因爲幾星期的風吹雨涮，顏色似乎褪去許多，但仍然可以清楚分辨字體。

企鵝湊近我指著的地方瞧：「怎麼　怎麼不過　不過是你的名字而已　是你的名字而已嘛」

「是我的名字沒錯呀。」

我說，「你果然不是每件事情都清楚知道啊！」我的語味有些兒得意洋洋（有什麼值得得意的嘛，也不過是企鵝不知道的事一件而已！）

「是不是他刻的　他來過這裡　來過」

「你知道？」

「南極企鵝猜的憑直覺　猜的我猜的　猜的直覺南極企鵝的直覺一直都很準　一直很準

企鵝的直覺一向很準哦」這次換牠得意洋洋。我以笑表示同意。

「當初看到時我也嚇了一跳哦，以爲自己眼睛花了看錯了。那時雖然心裡高興了一下，但隨即又認爲他這麼做根本……根本不具任何意義，無聊！」我又不自覺地氣憤起來。

「這算什麼，想我？割捨不下？還是閒著沒事兒好玩而已？」聲音愈說愈小。

「到底他存的是什麼居心！」喃喃自語著。

突然，我感覺體內，靠近胸口的地方油然衍生一種無以名狀的炎熱之氣，是憤慨。又有一股如春陽暖暖的溫柔，又如凜凜寒冬的哀傷。三道迥異的情潮在胸中洶湧澎湃、流竄激盪，然後融合成爲矛盾的痛楚，伴隨心的跳動一次一次愈深，鮮血汩汩流出。我無法分變自己對他的這分情感究竟演變成什麼，是愛？是恨？還是不可原諒的憤怒？

「當你真正　真正愛一個人便註定　註定永遠無法恨他　永遠無法恨他不管他對你做了多過份多無情都無法去恨他的事實　這是愛的不思議　不可思議力量噢」企鵝又以心理治療師的口吻說。

「你其實你不是無法原諒　不是無法原諒而是害怕　害怕自己的對他無力抵抗　害怕所以只能選擇　只有選擇逃開遠遠　逃開離他越遠越好　越遠越好一輩子最好　一輩子再也碰不到

一輩子碰不到你這樣就不必擔心自己　擔心又一次心軟」

「你比我更了解我……為什麼……」，好久……滿滿的無處宣洩的悲傷在此刻竟無法再承受，無法承受潰堤而出。

這一夜，我抱著企鵝失聲的痛哭。我哭了好久……好久……好久……

多情・爛情・純情

我故意的。

我故意將自己套上深情的外衣，令人無法覺察這皮下緊裹著的，竟是一個心懷狡計的魔鬼。

用窒息的溫柔將他引入陷阱，然後在最甜最美的時刻推向無底的懸崖邊緣，當他無法承擔、不敢面對的恐懼油然顯現，自然就能看到最真實的人性面。屆時，他的抉擇、他的言行是否皆如我所臆料？我想知道。

＊＊＊＊＊　＊＊＊＊＊

清晨九時許，我被雀鳥甜美啁啾喚醒。嗯，美好的一天。我心裡想，隨即下床梳洗。

窗外是愉悅的晴空豔陽，和風徐徐，是適合散步的好天氣。換上簡便的印花T恤及藍色牛仔長褲，我便趨車前往青年公園。對於好天氣、好心情，我可一點兒也不會浪費。

公園裡稀疏散落著或晨跑、或太極、也有放著音樂跳土風舞的中老年。婦人風中挾帶陣陣青草撲鼻香，每一次呼吸都覺得是幸福，哎，這許是城市人的悲哀，連這種卑微的自然都變成爲一種可貴。我優哉游哉的散步在公園的綠蔭幽徑，觀察人群，也享受一個人的愜意。雖然說是純粹的散步、放鬆心情，但心中仍難免不由自主地做著思考的事。這是本能。

屈指算算，和檠剛復合已屆一個多月。固定的在週末約會，晚上「順道」的住下他的房間，直到星期一早晨才戀戀不捨的送我回去。而平日則以電話來連絡情感。這種行爲模式似乎很刻意的被培養成爲一種習慣。隨性慣了的要將這種「規律」套在身上，說實在是件痛苦的事。就像幼兒玩的辨識積木，把O字放入C字的孔洞中。最後，O變得不是O，當然也不像C，一種什麼都不是的奇怪形狀。我就是這塊變了形的積木。

整個早上，我都耗在散步和思考的事情上。

「今天禮拜幾？」檠剛問。下午我回到家裡，答錄機裡有他的留言。回來時打來公司給我，答錄機這麼說。當我與他接上線時，第一句他便這樣問道。

「大概星期三吧。」我並不太確定，邊說邊翻著月曆以便更確定自己的判斷，沒錯，是星期三。

「我不知道你會不會也這樣……」檠剛將聲音壓到最低，細聲說：「每天每天我都在算日子，一分一秒，總是心急著週末快點來……很期盼那天能見到你，所以努力工作讓自己不那麼在意時間的流逝，可以不知不覺又過一個週末、又可以和你見面。這樣的生活，我覺得每天、每一個禮拜都很充實。」

此刻的溫柔食噬著我的心，幾乎讓我昏厥過去，幾乎忘了過去他是如何冷血如何薄倖。不，絕不能爲這卑微得可憐的蜜語甜言沖昏了腦袋。內心深處有一個聲音對我警告。本來甜甜的「嗯，我也一樣。」被反吞回去：「會嗎？我沒什麼特別的感覺。」一股黑暗支使著我這麼說。

「你⋯⋯沒什麼吧？」他似乎有點訝異我的回答：「今天的你怪怪的，冷冷的哦。」

「我一向如此，只是你不了解我罷了。」我說，黑暗的力量正逐漸擴大。彼此都沉默了下來。沒一會兒他深長的嘆了一口氣：「大概是我多心，想太多了吧。」這句話倒像是他的自言自語，聲音低微而走調。

「那禮拜天再見了。」

「嗯。」我掛下電話。

放下電話我躺在床上，開始懊悔自己方才的回話。我明明不是要這樣說的呀，這一次是認眞的啊。我暗自責備。闔上眼睛，竟看見那片吞噬眞心的黑暗。黑暗深處有一雙冷冷發散青光的眼睛正伺機而動，我知道，那雙眼睛的擁有者即是恐怖的支配力量、是悲劇的導演。而我，卻是無力抵抗牠的支使。

檗剛：

對不起，那天我說的全是無心之言。我不明白自己怎麼會那樣子說話，但話已脫口是如何也收不回了，我只能暗自懊悔、責備自己。但其實我心裡是與你一樣，一樣地期待著週末到來。我可以忘掉過去一切不愉快和你重新開始，但只求你能用「心」。感情本就需要雙方的「用心」維繫，少了哪一邊都不行，如是牌坊左右雕柱，少了一根都會令它坍塌。更何況是脆弱的情感……

那日的懊悔促使我寫了一封長信。

「你的信我昨天下午收到了哦。」緊剛說。在約定的週末約會。當我到他工作的地方等他下班，一見面他便這麼說，臉上的神情看來，似乎對信的事很高興。我以笑容回應他。我想知道他的看法，信也好、我和他之間的事也好，可是卻怎麼也問不出口。緊剛並不是可以溝通、可以把事情攤開來談的人、這點我非常清楚，因爲前幾次的分手都是以此爲導火線。即使如此，我還是想知道他怎麼想。

「待會去那兒？」我說。終究還是問不了口。

「嗯……可能要犧牲我們獨處的時間哦。」他以一副歉疚的神情說：「因爲平時也忙的沒時間，只有週末挪得出空，所以只好委屈你了。待會兒和我去參加一個聚會，可以嗎？」

「聚會？什麼聚會？很多人嗎？」

「只是四、五個過去的同僚，因爲感情不錯也一直都還保持連繫。約定定期一段時間聚會一次、吃吃飯。很普通、很平常的聚會而已。」檠剛的工作是一間小廣告公司的設計。所屬之公司專司各企業商品的平面廣告，也做一些電腦設計軟體。他將初完成的音響廣告以彩色印表機列印出來，趁著機器來回吱吱印列的空檔來向我說明今晚的行程。「我們約在萬華，因爲其中一個的工作室在那，而且離萬華夜市很近，吃東西也比較方便。」

「工作室？」我很好奇。並非對他的朋友或工作室的事好奇，只是單純的、純粹的好奇而已。

「其實也不算什麼工作室，只是做著一些裁縫被單、窗帘之類的工作。他們夫妻倆把客廳的部份設置一些裁縫機器設備，自行接包CASE，收入還不錯哩。」

「哦。」

「怎麼樣，去不去？」

「當然去啦。」我以愉快的口吻回答。其實我很想知道，能夠和他維持七、八年友誼的人是什麼樣子。依檠剛的個性，是不太會主動和別人連絡感情的，能夠有兩年、三年的朋友就已很了不起了，卻意外他竟有七、八年故交。是什麼樣子的人呢？我想像著，但卻也想不出個所以然。

「喂，老兄，你遲到了噢。」當我們到達約定的地點時，繁剛的兩個死黨異口同聲對他喊到。約好的是九點，我看看錶已經超過了三十二分鐘。

「超哥還沒到？」繁剛望了望屋內問。

「哎呀，那個遲到大王哪一次不是晚一個鐘頭以上？下次呀，約七點就要告訴他六點，約十點就要說九點。」其中一個比較斯文的說道。

在屋子裡等著的共有三個。一個年紀較長，看起來似乎有三十來歲，和他大腹便便的妻。另一個是說話的那個，有二十七、八歲吧，我猜。在繁剛和屋裡談論時，遲到的連聲道歉走了進來。我上下打量了一下進來的這個，根據他的衣著肯定是從事美髮相關行業，明顯地標示著自己的品味。是很有自己的品味沒錯；但不是好的那一種。黑色背心、豔紅色 Versace 牛仔褲、銀金色三寸頭髮和左耳的兩個奇形怪狀銀耳環。特別與怪異只有一線之隔；我想，他是越過那條線了。

「喲，新面孔。」紅色 Versace 牛仔褲的男人說，眼睛睜得偌大看著我。檠剛將我與其他人相互介紹了一下。我們彼此交遞了名片。正如我所臆測的， Versace 男人是做美髮的。斯文的豆子則在一家小建築公司做業務工作。另一位較年長、老成的則是這間位於繁喧萬華的靜謐小巷裡，一、二樓工作室兼住家的所有者，因爲年紀較長，所以包括檠剛的其他三人都管他叫老大。

紅色 Versace 褲男人打從一進門就緊抓著我嘰哩呱啦的問啊、說個不停。好煩吶這男人，我心裡這麼想。但礙於他是檠剛的摯交，沒把一絲喜惡或不耐形於色。

「你是作家呀？」紅褲子的阿超說。穿著大紅緊身牛仔褲的阿超，個頭並不高，僅比一六〇多個一、二公分，依身材的比例看來挺不平均的，緊身褲更凸顯他下半身長不足。說實話，很難記得他的長相，因爲牛仔褲轉移了我大部份的注意力。

「做你們這行的都很講究靈感噢。你大多都寫些什麼樣的作品？小說嗎？收入應該不錯吧。工作也很自由噢。欸，下次試試把我寫進去也不錯哦，我請你吃飯。」阿超哇啦哇啦兀自問著又說，根本沒有我回話的空間。他一個人演雙簧似地問了又答、答了又說、說完又咯咯咯一個人笑。可能他覺得自己表演的很精彩吧。

我藉上廁所的名義暫時擺脫阿超的聒噪不休。但出來後，他又以橡皮糖的姿態立即黏著繼續呱噪。

「你這……你這算是騷擾吧！」繁剛終於看不下去而說話。我看他一直對阿超的舉動沒反應，還以爲是不在乎咧。

「超哥，你就別再糾纏人家啦，人家老公可是在旁邊。你自個兒的女朋友呢？」豆子也應和著責備。

「我女朋友？我女朋友那種貨色怎能和她比？」阿超無視於眾人的譴責：「那種女人根本是帶不出門的。」他以極爲不屑的神態批評著自己的女人。

說眞的，我很同情那個被他說得一文不値、一無是處的女子。如果她聽到自己的男人在背後這樣說著，一定會覺得悲哀。如是爲這男人洗衣、煮飯照料一切生活大小事，如是無怨付出，得來的卻是「那種貨色……」不堪入耳的形容詞。我根本不屑這種人，被這樣的人稱讚、誇獎，一點也無法讓人高興。

我虛僞的一笑。儘可能將身體背向他，自顧自地照鏡子，或翻翻隨身小包包，故意裝著有事做。雖然背對著，仍然可以感覺到他的目光一直沒有離開。我假裝不知道。我和繁剛說著悄悄話，刻意在他面前展示親暱。當著眾人的面表示親蜜並不是我的個性，但我認爲此刻的「狀況」下，唯有此舉方能間接令對方明白，提醒他及時停止自己愚蠢的行爲。

然而似乎沒用，「哎呀呀，你們看啦，人家好甜蜜哦——」阿超在我們身後大喊道。

我沒理他。襯衫袖子不知什麼時候被髒東西染髒了，我將手腕提高，槃剛摸摸被弄髒的袖子溫柔地說，回去家裡再幫你洗乾淨。

「哎哦，你還幫他洗衣服呀？」阿超似乎沒放棄過介入我倆。這回他的計謀成功了，終於得到槃剛和我的注意。「我就從來不幫我的女人洗衣服，這種洗衣煮飯的事本來就是女人的工作。大男人怎麼能去做那種洗女人衣服的活兒呢？」他愈說愈將他的木製長凳挪靠近我。我被緊緊夾在他和槃剛之間。「但是……」他將方才激動的語氣轉換成誇張的低姿態：「如果我有這樣的女朋友，要我每天幫他洗內褲我都願意！」他邊說邊以閃爍的眼睛注視著我的眼。

我回頭看槃剛。我以爲他會對阿超明顯的不軌行舉動有所反應、有所反擊，但他只是做了一個尷尬的笑、尷尬的表情，好像這一切事情都與他無關。

*****　*****

「他到底是不是男人呀！」老鷹聽完我完整的陳述後，氣憤而不平的叫罵責備，「他真的是男人的恥辱耶！」

雖然我認同老鷹的說法，但卻也像被罵的、做錯的是自己似地，心理怪怪的。也不知道該回答什麼。

「換成是我老早就給他一拳、送它一個饅頭吃了。」老鷹邊說著，右手向空中揮出一個用力的鉤拳。

今晚PUB的生意反常的好。不太像是星期三的夜晚。我叫了一瓶CORONA，把塞在瓶口的檸檬片拿起到口中吸吮。好酸，我叫道。將檸檬塞回冰冰的啤酒裡，大口大口喝了一半。

「那一天，他一直保持著那樣的積極與誇張。幫我倒水、盛飯、噓寒問暖，好像我的情人是他而不是繫剛似的。」我說。

「那你的男人在幹嘛？」

「他坐在我旁邊和其他人聊天。」我無奈的笑著說：「還好啦，至少如果紅褲子的男人做得太誇張、太超過有其他人會出面制止他。」

「其他人？」

「檠剛的朋友呀！那個叫豆子的斯文一派，其實人很不錯、很有正義感喔。」說著我又啜一口冰冰的啤酒。有沒有煙，我問老鷹。他拿出一包被擠成有點爛爛的白長壽香煙。沒辦法，放在褲子口袋裡，我也無法控制它不變成這德性，老鷹說。我不要被擠成爛爛的煙，而且我也不抽白長壽香煙，於是向櫃台要了一包 SEVEN SEVEN LIGHTS。沒有 SEVEN LIGHTS 只有 MILD SEVEN，吧檯裡的人回答我。我說沒關係。

點燃一支 MILD SEVEN 香煙。也給老鷹點了一支。這才叫「香煙」我邊說邊調皮地把白煙吐向老鷹。

「我考慮換男人。」我以嚴肅的表情對老鷹說。吧抬裡的人遞給我一只煙灰缸，我點頭道謝。

「你發神經呀，換誰呀？！那個叫豆子的再斯文、再有正義感也不至於讓你考慮吧。」老鷹了解我只是開玩笑。

「開玩笑的。」

「廢話，我當然知道。」

「我只是浪女，浪子個性的女人。可不是發浪的女人喔。」我自我解自嘲說道。手指來回轉動煙支，凝視冉冉旋升的煙霧，回想著那日情景。

*****　*****

「你的死黨中，是不是豆子和你最好？」

「你怎麼知道？」檠剛驚訝的望著我。像是一個被算命相士道中過去的人，所用的那種不可思議的神情望著對方一樣。

「當然知道呀，憑我的判斷和直覺。」我坐在檠剛的軟床上一副蠻不在乎又得意洋洋的口吻，一邊以小剪刀修剪腳的指甲。卡喳卡喳，我抬頭看看檠剛。他注視著我若有所思的模樣。

「你覺得阿超怎麼樣？」他問。

「你是指我對他的感覺？還是看法？」

「都有。」

「嗯……」我稍稍回想一下稍早的情況和那時阿超的臉。正如我所說的，我不是一個擅於記住別人的人。事情的經過我倒是一清二楚的記得，而他的人嘛，除了那件把身材的缺陷曝露無疑的VERSACE豔紅色緊身牛仔褲以外，其他的我如何也回想不起來。「我只能說，換作是我碰上這樣的人，隨隨便便敷衍兩句就算，我無法和這種人交朋友，更別談什麼變成死黨不死黨的問題。而且，你認爲以我的個性，選男人會挑上他嗎？」我說，「對不起，他是你朋友我知道卻說得這麼難聽。我只是坦白說出我心裡的感覺與想法而已，並非有意做人身攻擊或批判。」

「沒關係。我明白。」檠剛說。將身體順床沿挪向我，然後抱入懷中。

甜蜜的週末時光過去了，咻一聲飛快的跑往遠遠的身後。接踵而至的是美麗而愉快的早晨，鳥兒啁啾自窗前飛過，白雲靜謐地飄在清澈藍天。不可思議的幸福感籠罩在我四周。

「太和平了吧！」心中恐怕著驚叫。我懷疑，這種和平只是因爲著下一場風暴即將來到。

或許和平也有錯吧，比起這種未知的平靜，紛爭鬥戰可能還比較令人心安，因爲後者比較接近殘酷的現實。誰知道愉悅的白晝之下接連著的究竟是不是血腥的暗夜。雖然我喜歡在這樣愉快的清晨自然地甦醒，這能令靈魂感覺飽滿而精神；雖然工作也好、感情也好都那麼合乎自然，那麼理所當然的順利進行著。但眞的，一切都太如意得令我恐懼。唉，或許是自己被生活、爲現實折磨得很難去相信世界上的美善。「太和平了……」我心中不停地嘀咕。

三天過去。太平的日子依然順利進行。

七天過去。依然太平。

一個月過去，像走在平坦柏油路上的車子，平順的滑過每一分每一秒。完全感受不到時間正在流逝，似乎時間正凝結在某一個舒適的點上不曾移動過。如果沒有鐘錶的提醒我會這麼以爲。這是一個天陰微涼的下午，我坐在書桌前發著呆。我進入一種無知覺的白色狀態。電話鈴聲突如其來的響起，驚嚇一跳，才意識到肉體的存在。

「喂。」我回神疾速衝向客廳接起電話。因爲突然想起今天要和出版社談書的事情。

「記得我嗎?」電話那頭的男聲以輕佻的語調。不是出版社的人。

「不記得。」我直接了當回答。

「檠剛你很熟，豆子和老大你也認識，難道『我』就沒印象?」

「哦。當然知道。」我說著，腦裡立即浮現那件紅色VERSACE緊身牛仔褲。

「你有事嗎，今天?」

「等一下要去一趟出版社談下一本書的事。」我燃起香煙。又看見黑暗裡那雙寒慄的青色眼睛。

「怎麼，要請我喝咖啡?」

「是啊。可是不知道美女空不空、賞不賞臉呢?」

「當然啦，帥哥誠意邀請，小女子怎會不賞光呢。」

「答應得這麼爽快?我以爲你會推託……」

「好吧，那我就順你意思推託一下。」

「沒有、沒有、沒有的事，那只是我事前自己猜測罷了，你能立刻答應當然我很是高興囉。」

和阿超唬攏了近半個小時，敲定了時間。出版社的事辦完就直接過去，我說。而他在工作的美髮中心附近一家 Coffee Shop 等。那間咖啡廳曾經我、檠剛、豆子和他一起去過，而除此之外實在也想不出其他什麼較適當的地點了。

這並不在我意料之外，但因爲也沒想這許多，所以對於阿超的電話還是有點訝異。到底他的用心爲何？是不是我猜度的那樣？我一邊準備好要給出版社的資料走出大門，一邊想著阿超的事、那天的情景和檠剛，三樣畫面在腦中交換著跳動。一片黑暗取代、吞噬了跳動的畫面。黑暗中瀰散著恐懼、憤恨、淫邪的灰煙，灰煙散去處隱約現出兩點光芒，我雀躍著因爲找到出路可以擺脫這片不見五指的黑。於是向光芒處奔去，越近，越近，越近……是那雙青色的眼睛？！我在它跟前即時停住不敢再向前一步。它以恐懼、憤恨、邪惡的青色光芒投射向我逼近。我心裡很明白，這黑暗的主宰便是這令人生畏的眼睛。我無法辨識它的形體。黑暗與恐懼的迷煙也隨之圍攏，將我緊緊圍困。我感覺自己的手腳正不由自主的發顫，背脊酸涼，冰冷的汗水自額頭滑下雙頰。

「啊——」我禁不住這股邪冷迫人的懼怕而叫了出來。

「小姐……，你沒事吧？」

什麼時候我坐上了計程車、什麼時候我睡著了？一點兒也記不起來。沒事，我對計程車司機說。車子已經到了出版社的門口。

這間 Coffee Shop 座落於熱鬧的台北車站附近，整體的設計上很明顯能感覺得出，消費層設定在提供一般的上班族或休憩、或談論公事。雖然不是很特別的風格的店，但也令人感覺很乾脆、舒服。一走進店裡，我很容易就找到阿超。他似乎特別挑了一張能清楚看見大門的位置。咖啡廳裡很多人。

「等很久了嗎？」我面對著阿超坐下。

「還好，不到半小時。」他看著錶回答。我笑笑遞給他一個用牛皮紙袋裝著的東西。

「什麼？」他訝異又止不住高興。

「我的書。你不是想要嗎？」點了一杯 Vienna Coffee，「Cappuccino 適合思考，Vienna 適合今天這種好心情。」我說。

他拿出紙袋裡的書在手上隨意翻看一下，又靜靜凝視著我啜飲咖啡的模樣。「你眞的很特別。」他將手肘靠在桌面撐著頭望著我說。

「哦？是嗎？」我邊說邊喝著咖啡，毫不羞畏地直視他的眼睛。

「你和他是什麼時候認識，怎麼從來沒聽過他提起過你？」

「可能我對他而言是不重要、不值得一提的吧。」我從口袋裡拿出煙和打火機。

「你抽煙？」阿超似乎對我抽煙的事很吃驚。

「只有煩的時候才抽。」我將煙灰缸拉近自己：「我沒有煙癮。有時想想，自己會這樣離不開香煙或許是因爲寂寞吧……只有它能在自己最需要它時陪伴我……」像是在背誦著某部電影台詞般，不帶任何情感地說這一段話。

阿超不發一語凝望我，若有所思的模樣：「你配繫剛太浪費、太可惜了。」

我無奈的笑笑搖搖頭。對於繫剛的事我似乎只能笑而已，根本無法也無力去做任何答辯。

「我認識他四、五年了，其間也分分合合了數次，他竟然沒向你們提起過我一句……可見得我對他而言根本不重要、不值得一提…」

「不，我了解他。眞正對他重要的、在意的，他會往心裡埋。」

「是嗎？」我不以爲然。恢復沉默，阿超的目光依然沒離開我身上。「我有那麼好看嗎？」

我忍不住他分分秒秒不停凝視，像是在觀察什麼、窺探什麼似的，令人感覺不太舒服。

「你配檠剛眞的太可惜了。」他又重複先前那句。他拿了一支我擺在桌上的煙點了抽。不介意吧，他晃動煙頭問，我點頭。

「他之前的……你見過嗎？」也不知道我哪兒來的靈感，突然冒出這句。

「你說小潔？」

「她叫小潔？」

他吃一口煙，「嗯。剛開始的時候看起來還蠻好的，但後來漸漸連說話都像在吵架。」

「她和檠剛不是一起生活了兩年都很穩定嗎？」

「哼，他呀，他根本搞不清楚自己。當然，我們也都勸過他，要他考慮這女孩子其實也挺老實、挺善體人意。怎麼說呢？總之，她是個好女孩，很適合做老婆的那種乖乖牌。」

「既然她這麼好，又爲何……。」

「他根本就不愛她。這點我們這些身爲好友的都很清楚。」他捻熄只燃一半的煙，又向我討了一支。

「那我呢？」我心裡問，沒說出口。我想知道，但不希望藉由其他人的口。很矛盾。就算是蘩剛自己說了又如何？也並不表示他眞的是愛。既然如此，又該如何分辨、如何知道對方是不是眞心呢？遇上愛情，無論男女都會變得如是徬徨無助、不安與盲目。

「別談他。說說你自己吧，我對你的事很好奇吶。」他將椅子挪前，身體前傾靠於桌沿，神情專注得像等待六合彩獎券開獎號碼的人，盼著我這邊開口。

「沒什麼好談的，就只是『我』這個人而已。」

「你果然與眾不同。」他的言語似乎隱藏某種含意，

「我就是欣賞你這樣子的女人。而且，越發現你就越欣賞你。」

「謝謝。」我說。我舉起右手看錶，已經是播放連續劇的時間，

「我該走了。」

「時間還早嘛，現在正是夜生活的開始。走，再去看一場電影、去PUB喝一杯小酒，我請客。」

我以趕稿爲由拒絕了。

下次吧，等我這本書到一段落，反正有的是機會，我說。

一定哦，阿超要我更明確的答應。

我連聲說好走向櫃檯付帳。

他搶著說不吃女人的，買了單。

於是各自離去。

＊＊＊＊＊　＊＊＊＊＊

酒吧裡的人漸漸散去。除了我和老鷹還有一、兩個醉得不省人事的客人。其中一個還猛吐了一地，辛苦了酒吧的服務生做這種難以忍受的善後工作。

「你們那天就只聊這些？」老鷹問。空氣中瀰漫著方才清除的嘔吐物餘留的惡臭，攪拌著煙味及人們呼出的酒氣，變成一股難以形容的悶腐氣味。我和老鷹因爲受不了這味道，而換了一間酒吧。各自叫了一瓶 Heineken。

「繼續。」老鷹喝一口啤酒後說。

「大部份都在聊他自己的事。說自己如何由一名小洗頭員晉升爲現在的設計師地位，說自己如何又晉升為髮廊的股東，說自己如何如何的有擔當、有責任等等。偶爾我會藉機問起那個叫小潔的女子，但他沒吐露多少又開始嘰哩呱啦的說起自己。」我用手指劃去酒瓶上的冰霧繼續說：「感覺起來，不太像是在聊天。倒像是推銷員一般，把他自己推銷給我噢。」

「那……那個小潔？」

「和我所猜測的一樣，她和繫剛不單單只是同居而已。」

「不單只是同居？那還有哪一層關係？真奇怪。」老鷹對我的話感到莫名其妙、摸不著頭緒。

「他常常說起過去一年中與人合組工作室的事……」

「這樣而已就讓你認為是她？」

「不，這只是一開始的猜測。之後發生的事才讓我更確定自己的猜測。」我說，情緒相當平靜。

而老鷹倒像是個看戲人，邊喝啤酒嗑瓜子邊聽我講述著故事。四周圍安靜下來，連店裡播放的舞曲音樂也消失。我環視四周，人群依然在嘻笑，酒保依然習慣性地隨音樂節奏扭動身軀，但，為什麼聲音消失了呢？我感覺自己的嘴唇的張張闔闔、聲帶的振動，我還在繼續說著故事。我說到哪裡了？聽不見一絲聲音，包括自己的聲音，只是順著大腦列出的程序傳出訊息。我呆然凝視前方酒櫃上的一瓶 Tequila，口和聲帶仍然持續著運動不停。

「……開始，他並未留下任何連絡他的方法，只說再打電話給我。也向我要了小光的電話，說是太久沒連絡不知道他搬去那裡。這是在檠剛還尚未搬離開與她一起租賃的房子的事。那時我也還不確定我們是不是算復合，如果是，那連一個可以找到他的電話或連繫方式都沒留下這點來說，眞的太奇怪。」慢慢我可以聽見聲音，就像音響喇叭的音量，由0的地方緩緩旋轉到最大。音樂的聲音、人的嬉鬧的聲音、我的聲音、老鷹的聲音，全部又一清二楚地灌進耳朵。

「那時你沒向他要？」老鷹問。我搖搖頭，會給、要給的自然會給不必等我開口討，我說。眼睛一直看著櫥櫃上的那瓶 Tequila，心裡想像著泡在酒瓶裡的，像蟲一樣的小白蟲活著的時候，在墨西哥的陽光下快樂地啃食 Agave Tequilana 葉片的景象。

「在他回來說要復合的那天以後，有一個月的時間都沒再接到他一通電話。於是我想起阿光，果然他有檠剛的電話。我只有他工作室的電話，阿光這樣說。而當我打去，接聽的是年輕女孩子。這只是疑竇的開始，因爲起初自己也沒想那麼多，而且也認爲那是他過去的事，對於現在的我們並不重要。」點燃的香煙我並沒有再抽，只是看著它持續地燃燒，看著一縷輕煙在空中舞動，想像它正努力爲我一個人表演，「其實一個人的過去也很重要，因爲過去造就著現在……」

「嗯，然後呢？這是你和他確切復合，且固定週末約會之前的事嘛。」

「沒錯。在他搬離過去兩年的住所後，我們才開始學習穩定的感情。」

「唉——感情的事眞累人！」老鷹伸伸懶腰。

「雖然累，還是有許多人心甘情願的討這麻煩。你我不也是？」語畢，我和老鷹相視而笑。

「眞的如此。」

「還有……」

「還有？」老鷹驚問。

「在他搬離後，有一天晚上我去他那兒過夜……那通他不想接的電話……」

「這我知道。你說過。他對電話裡的人厲聲叫罵。」老鷹插嘴說。我縮著眉苦笑，是回答也是無奈。

本來冰涼的啤酒，在我一口沒喝專心敘事時變冷了。變冷的啤酒苦澀得難以入口。

「所以……所以……當阿超說起小潔的事，雖然吐露得不多，卻更確定了我的猜測。」我向吧抬要了冰塊和杯子倒入啤酒咕嚕咕嚕一口飲盡。

「我可以改行去做偵探了囉？」我自嘲說。

我和老鷹坐在酒吧的吧檯上，沒再說一句話。我兀自發呆，老鷹則和隔壁的女生聊起天來。

＊＊＊＊＊　＊＊＊＊＊

我終於忍不住了。並非日子太過和平，而是這和平根本就只是個假象。

從來我和檠剛不曾做過任何方面的溝通。他以爲了解我，而我也以爲了解他。但，這也只是「以爲」而已，實際上並非眞的如此。然而儘管我對他許多事不甚知曉，卻很明白「溝通」造就的下場。我不是個懂得維持感情的人，也不會多做挽留，所以要結束一段感情往往比開始容易。對感情一向講求「互補原則」的檠剛始終不明白這點。

又是一個下雨的夜晚。這是不好的徵兆嗎？我心中存在一股不祥的預感。關於我和繁剛的事。

雖然說對他抱持一種可有可無的態度，但其實心中還是寄存一線希望。希望他眞的改變、希望他眞的用「心」、希望這一次眞的是永遠……然而這雨夜的電話，在一開始還甜如蜜糖，隨後一百八十度的轉變成爲冰冷交峰。這轉變是由何處開始，我已記不得了。大概是我最後一次嘗試著溝通的時候吧……而我的心裡早有了準備……

「……我可以瞭解你一切思想、認同你一切作法與選擇，但你卻不懂我的。甚至我懷疑你是否有認眞想過我的事。」考慮了很久，也能預想得到這將造就的結局，而我仍執意將事情攤開來說。我不要虛浮的愛情。虛浮不實的愛情是人性孤獨、寂寞、空虛的產物，它是彌補，沒有選擇性的彌補而非需要。

「爲什麼？本來一切的感覺都那麼美好而自然，那種戀愛的甜……爲什麼你每一次總是要破壞它？」繁剛像是無奈，也責備我又一次選擇這個他所不能接受的方式，「既然你想攤開來說，那我也不多隱諱了。」他的語氣與態度恢復無情、冷淡。就如同以往每一次分手時那樣。

我懷疑他根本沒有血溫。

「我們之間的美好不過是一種表相。因爲你未曾關心過我的問題，你不懂得關心任何人，包括你的摯交。甚至我開始覺得你根本沒有「心」的存在。」我發現自己的血溫亦逐趨下降，這是我先前所沒料想得到的、我一直以爲我會爲此痛心。他對我的影響比我自己所知的、所認爲的還多還大。甚至改變了我對他的愛。「不啻如此，就連你遇上了問題、遭逢失意，也都只會選擇逃避。你斷絕一切與外界的聯繫，像突然消失於這星球似的不見蹤影，然後等你好了、高興了又『噗』的冒出來。難道你不會想你周圍的人，關心你的人會怎麼爲你難過嗎？你想過嗎？」我的言語愈發激動。我很明白，就算我如何受他影響，也絕無法做到他那般冷絕。

他沉默了一會兒。從電話筒中傳來卡嚓卡嚓的聲音。我知道他正點著煙，甚至可以想像他吸煙時那慣有的神情。縮著眉頭大口吸吐著尼古丁，神態像極了歷盡滄桑的老頭兒。但那卻是我過去最愛的模樣。他呼地吐去嘴裡的煙：「或許你認爲遇上問題就應該找人商量，也或許你認爲我這種斷絕消息的作法是逃避。但對我而言，這卻是最有效、最適合我的方式。我不認爲把事情說出來能得到什麼解決與幫助。」

窗外雨愈下愈大，我想起幾年前那個寒冷的早晨也一樣下著冷冷的雨。世界上有多少戀愛也在這場雨中決裂呢？我望著陰晦的天空想。

「那……我們……我們還繼續嗎？」儘管我明白這答案，但我想從他口中得到。我想確定自己。也確定他當初說自己如何的願意為我改變只是一個謊言。

「你認為呢？都已經說成這樣了，還有繼續的必要嗎？」他不帶一絲情感的回答。果然，他的回答與我猜想的一樣，和過去每一次的分手都一樣，都一樣。我感覺自己身體裡某個部分，很重要的部分，正逐漸死去。

「可以。如果你要分手的話就分手吧。」不知什麼原因，我突然感覺愉快與輕鬆。很爽快的答應分手，沒有一秒鐘的考慮。

檠剛愣傻了，電話裡安靜得可以聽見那頭屋外駛過的車聲。他大概以為我會和過去一樣不捨、一樣再加以挽留。

既然要斷，就斷得徹底、斷得明白、斷得清清楚楚。就算那張俊俏的面皮下包裹著的是邪惡醜陋的鬼魅，我也要剝開那層虛偽的假皮認清他真實的面孔。

「我知道，小潔就是你一直以來所說的工作室合夥人。也是你那位論及婚嫁的前任女友，我見過她。」

「你怎麼知道？而且，你怎麼可能見過她呢？」檠剛似乎被我的話震懾得不知所措。這大概更在他意料之外吧。

「她長得白白淨淨，蠻清秀。身高大約165左右，頭髮過肩，是不？」我意外自己的鎮定。

「很多事我都知道，也很明白，只是不說、假裝著不知道而已……」我繼續著說，「其實你那時要搬離和小潔同居兩年的住所那天，我有去。」電話那頭依然持續沉默。「原本我只基於關心，想去看看你順便幫你處理一些搬家的雜務。但一踏進門口就看見她在屋內，身旁站著你在說話。說眞的，那時我也嚇了一跳。因爲我一直以爲只有你在而已。」說到這裡我暫且做了一個停頓，想聽聽他的反應。

「然後呢？她看見你了嗎？」他問。

「沒有。我看見你們甜蜜的說著話，倒不像是要分手的樣子。沒有人注意到我的進入。當然我也很識相的悄悄離開。」說著，我抬頭望向桌旁的一面鏡子，我想看看自己此刻的容顏是否以佈滿離愁的悲傷。然而，鏡裡的我的臉、我的眼，竟然——不敢置信，那雙我一直深懷恐懼的青色眼睛，竟然出現在鏡裡的我的臉上！

「還有……」我說。不知道自己此刻正變化成什麼。

「還有？」

「那通電話。」我說，將鏡子背轉過去，我害怕再看見現在的自己，「那通你一直不願意接聽的電話，我也知道是她。而且……聽你對她的說話態度，讓我覺得你很冷血。」

「冷血？」他一聲苦笑，似乎很無奈，「在我向她提出分手時，當著她父母的面將一切攤清講明。我認爲既然要分手就無需再留什麼情份，這只會造成對方的痛苦更深，讓對方還抱存著什麼希望。」他說著以其一貫的冷淡，「然而，她父母卻當著我面前對她說我很冷血，說這種人不要也罷。」

我很清楚他這種不留情份的論調。但卻不認同。腦中想起過去自己也曾受他如此「禮遇」，一次一次令我心寒，一次一次更令我明白他根本不值得愛。但我很矛盾，明明清楚這一點，卻無法控制自己對他的情感。雖然我不想變成如此，但此刻，我卻情願自己是一個萬惡不赦的魔鬼。

彼此沉默下來，都在等著對方開口。

「我都已經做到這樣了，你到底還有什麼不滿？」緊剛抱怨道。我不明白他到底爲我努力「做」了些什麼。我所感受到的是他一貫的獨我作風，他所說的「互補」，不過是要別人去配合他罷。

他的假皮尙未完全褪卻。「記得你一開始來找我的時候，我所說的嗎？」我說。開始企圖將他逼向懸崖，要他現出鬼魅原形。

「你是說……『如果這一次分手了，就連朋友也不必做了』這件事？」

「對。」我說。

「沒那麼嚴重吧……」他非常不以爲然。

我深深吸一口氣然後用力嘆出：「好，那我請問，你這次回頭找我爲的是什麼？」好戲來了，心中一個聲音說道，不是我的聲音。

「我來找你，只是爲了想知道你生活得好不好。就像探望一個老朋友那樣，沒有其他用意。會變成復合的局面也是因爲你逼我這麼做的，因爲你說了那種『連朋友都做不成』的話。」

「逼你？我又沒拿刀子架著你決定！」我爲他這廂自以爲是、推諉責任的說辭甚是氣惱。不禁苦笑且爲自己感到悲哀。「你過去所說的和現在簡直全然相左，我應該相信哪邊？」

「如果過去說了什麼讓你還存有幻想的話，那只是因爲你喜歡聽我才說……」

我投降了，徹徹底底輸了。現在才發現自己的愛竟如是可悲。不管他所言是眞，抑或只爲了維護自己的崇高尊嚴，在在都代表著他人格的不可信任。眞的已經不知該說些什麼，只沉默著等他做結束。

「你眞的認爲連朋友都做不成的結果會好嗎？不需要搞到這般田地吧。」他似乎在做某種程度的挽救，但說是在爲他自己預留後路還更爲恰當，「不如像從前一樣，分手了還是可以做朋友的嘛。或許經過了一、兩年，我未娶、妳未嫁，有緣份的話還是可以在一起。屆時你成爲名作家、我是名設計師，不是很相配嗎？」聽他的口氣，似乎對未來還抱存什麼幻想。

相配？我呸！我兀自臭罵。根本就是想再玩第五次這種無聊的遊戲。什麼朋友關係？不必了！

「我放在你那兒的衣服……」我說，突然想到了自己還留有衣物在他房裡。

「我明天給你送去。」

這是最後一次機會。證明他的人格的誠信與責任感。我預測他不會在約定的時間出現。十一點半我會送去你家給你，他是這麼說的。

十一點八分。我看著時鐘一秒一秒走。

十一點十六分。試著做一些事，不讓自己在意時間的問題。

十一點三十分。或許還有一線希望。

十二點二十一分。該絕望嗎，對他？

我數著時間分分秒秒，天色由白晝轉爲黑夜。他的信用於是徹底的破產。面對這樣的男人還需要留有什麼情份嗎？連電話也沒來一通解釋自己不到的原因。翌日，我主動撥了電話去他公司。雖然那不是件什麼了不起的名牌襯衫，但總覺得讓他留著像是被留存什麼樣的情份似的，也或許將來又成爲復合的藉口。總之，不想再與他有任何糾葛，我厭煩了這種分分合合的遊戲。

「我的衣服。」當他接起電話，我便以一種不耐煩的冷淡口吻直接了當的說。

「哦。」他答。竟然連一句對不起也沒有。我不驚訝也不奇怪，這是他人格的問題。

「下午我叫快遞去取。」我連他的臉都不想再看見。

「我叫快遞送去好了……」

「不是都一樣嗎？」

「那……好吧。」檠剛似乎還不想掛去電話，口氣溫和而柔軟。

「你這兩天過得怎麼樣？稿子趕得還順利吧？」

「很好。沒別的事我要掛電話了。」我卻冰冷隨著電話的切斷，正死去的那個部份亦隨之氣絕。死絕的部份是什麼？既然重要卻爲何這肉軀未隨之而去？而原以爲會發生的痛楚與悲傷竟然爲愉悅所取代。我感覺自己的肩頭突然變得輕鬆、不再那般沉重。我的靈魂獲得自由、我的心獲得贖放。那麼，死去的部份是什麼？實在想不透。

「嘿，我們又分手了喲。」剛掛下電話，又撥給老鷹。

「你的聲音聽起來不像是剛失戀的人哦。」老鷹說，「倒像是中了發票似的。」

或許，和其他比起來我的戀愛根本算不上什麼，但經過幾番折磨，終於還是結束了。眞的結束了嗎？心裡的聲音又一次出現。眞的！我回應。

許久以後的今天，我終於明白，死絕的那個部份是可重生的。只要肉軀不死。花很美，天空很藍，生命是那樣美好且充滿希望。「當我在一個愛裡死去，我便又在另一個愛裡重生！」在書末我這麼寫道。

SAIGON STREET 法蘭西情人和三十六歲的性伴侶

隨著感情的告終，我選擇了L.A.做爲我孕育重生的子宮。我無法預知將妊娠產下的新生命會是什麼？只能這樣就著這一點天賦的直覺繼續下去了。

***** *****

外頭雨嘩啦嘩啦下個不停。已經有一個禮拜了，空氣濕濕黏黏的附在皮膚上，讓人感覺像染了什麼病在身上似的，很不舒服。馬路上行駛的車輛也並沒有因此而減緩車速，唰呼唰呼一部部飛馳而過。偶爾還能聽見緊急煞車所發出的軋軋刺耳聲音。

「氣象報告不是說了今天會轉晴的嗎？」老鷹說，趴在吧檯上一副無精打彩的模樣。

「僅供參考而已，又不一定準。」

大概因爲下雨的關係，而且時間也還九點不到。我和老鷹是店裡的客人。除非趕稿或有其他重要約會，大部份時間（夜晚）幾乎都和老鷹兩個人泡在PUB裡消磨日子。我並不是一個擅長交際的人，朋友就只有老交情的兩、三個，而最常廝混在一起的就屬老鷹了。老鷹的狀況也和我差不了多少，但至少偶爾他還找周圍的人打屁閒聊什麼的，在這點上我承認他比我優勢。所以看起來——實際上也是——老鷹的人面總比我更廣些。

音樂正播放著節奏感很強的舞曲，令人不由自主地隨著音樂節奏舞動身體。

「我很喜歡這首歌哦。是目前英國正紅的女子團體。」我說，以雙手母指配合音樂節拍，像擊鼓一樣噠噠的敲打桌面，身體左右擺動、嘴裡哼唱著和音樂一起。懶在抬桌上的老和我形成強烈對比。

「都幾歲人了還像小伙子一樣……」老鷹調侃道。

「身分證上的年紀不等於心靈的。我有著一顆千年不變十二歲童稚的心哦。」說完，便笑得如孩子般燦爛。

「看你的精神、心情這麼好，必然有什麼喜訊或值得高興的事發生吧。」

我沒回答，只是笑笑並繼續舞著，要求吧檯裡的人重覆一次這首曲子。外頭的雨持續著嘩啦嘩啦的下著。

「喂，你猜。」經過一段時間，最愛的那支舞曲也放完了，換成慢旋律的「WHEN I FULL IN LOVE」，我很無厘頭的冒出這一句。

「什麼，你要我猜什麼？」老鷹不耐煩說。大概因爲下雨的關係吧。天氣的陰晴總是影響著老鷹的情緒好壞。

「我——前天去心靈清靜地喲？」

「很平常呀。你心情不好不都會去的嗎？」

「嗯嗯——」我用力搖搖頭，「我前日去只是因爲突然的想起，想起自己有很久沒去那兒靜靜心了……」

「那也沒什麼呀，無聊！」老鷹插嘴說，似乎不打算聽我說完。

「我還沒說完嘛——」我說。老鷹拱拱手表示讓我繼續說完。

「……就在那裡的欄杆上，我發現、看見……他刻了我的名字……」

「噢。」老鷹顯得不甚感興趣。

「一切都過去了，我知道。可是……」我眉頭糾蹙成一團，情緒漸甚是激動。

「什麼時候走？」他似乎壓根不把我要說的話當一回事，任意將話題移轉開。他其實很明白我將說的是什麼。老鷹是了解我的，事情都已過去，再多說也是徒勞。

「什麼時候走？」老鷹見我沒反應，又重覆問了一次。

「什麼？」

「飛機呀！去 Las Angeles 的飛機，什麼時候？」

我沉默了一會，「下星期二下午。六點鐘起飛。」

「要不要我去送行？」

我低頭說不要，「你來，我會哭、會不想走。」

「打算去多久？」

「可能幾年、一年或二、三個月。不一定。」

「那——我幫你餞行好了。」

「嗯。」雖然離開的日子還有五天，卻已有離愁的感傷。

夜更深了，PUB裡湧入各色男女，顯得熱鬧異常。每個人都笑鬧著，形成一種獨立而特有的世界，誰能想像這群人在自由時又是另一種模樣，另一種人生態度呢？我和老鷹只是靜靜地坐著，等待時間一分一秒的流逝。

在我拎著行李踏出家門的那個下午，天氣是陰晦而悶熱的。我從台北車站轉搭公路局到桃園中正國際機場的直達車。坐在巴士裡深深地、仔細地再看一次這生活了近三十年的地方，並刻烙在腦海裡。大大小小林立的餐館、KTV、檳榔西施、勇猛而敏捷在車陣中鑽行的機車、叫賣的販子……。而我這趟前去的將會是一個什麼樣的世界呢？心中充滿著期待與恐懼。

在飛機升離地面的那一刻，我並沒有太感到悲傷。正確說來可以說是一點也沒有。只是靜靜地看著飛機做著起飛的動作，然後陸面離我越來越遠……越來……越遠……，直到周圍被厚厚的雲層包住為止。

「再見。」我心中默默道別。爲故鄉？爲回憶？還是過去的自己？都有吧，也許。

總之，再見了。

*****　*****

飛機降落LUX機場跑道的刹那，一幢幢排列整齊的房子、井然有序行進的汽車反射著加州閃耀的陽光，強烈的令人睜不開眼。

我在UCLA附近的旅館下榻暫先寄住幾日。然後在隔幾條街的地方找到一間小套房，談妥租金後便搬住進去。因爲是屬於洛杉磯大學的學區範圍，就治安、環境各方面來說都還不錯，單純得很容易適應。一個星期摸熟附近街道，一個月就活像個當地老美。我以很便宜的價格購得一部二手老爺車，方便上超市或到較遠地方購物時使用。畢竟，在洛杉磯這種地廣人稠的城市，沒有一部機器代步是極不便利的事。車一拿到手立刻興致勃勃上書店挑了一張印刷精美、標示詳盡的手繪地圖。就這樣一個人以探險的心情在幾天裡跑了SANTA MONICA、GETTY、REVERLY HILL、HOLLYWOOD、DISNEYLAND……等地方，好不愉快。而這輛土黃色擁有九年車齡的美製老爺車，成為我在異鄉的第一且唯一的伴侶。

隻身生活在遙遙異鄉，孤獨是在所難免的。但漸漸也習慣——不得不習慣——這種平淡，甚至學會了享受單身的自由與輕鬆。生活習慣也變得前所未有的規律。中午起床後吃點東西開始工作，下午趁著太陽尚未打卡下班前散步到商業區喝杯咖啡、讀報紙，再回來繼續工作到深夜。像清湯一樣的日子雖然談不上喜不喜歡，但也不討厭就是了。

和往常一樣，我自住處沿著花開繽紛的街道悠閒地散步著去 WEST WOOD 找咖啡喝。這是來到洛杉磯一年後的夏天。洛杉磯的白晝（在夏季）較長，到下午七、八點天色還是很亮。應該還有充裕的時間再去附近的店買些東西，我心想。

坐在咖啡館裡靠落地窗的位置，一邊啜著大杯的 LATTA 一邊觀望窗外來來去去的人。偶爾走過向窗內看的，四目交接了，會像是有著相同默契似的相互會心微笑。觀察人群是我長久以來的習慣也是嗜好，看著來來去去，或喜、或悲、或笑、或怒的神情，然後猜測或想像這張臉背後的故事，百玩不厭。不過絕大多數都面無顏色。但當其中混著經過一張略顯笑意的臉時，總不禁令人聯想，他身上必定有什麼樣美好的事正發生著吧。心情亦隨之快樂起來。

肚子突然咕嚕咕嚕地叫嚷不停，才想起冰箱裡兩個禮拜前採買的半月食材只剩下半瓶過期而懶得（也忘了）倒掉的鮮奶及兩片起司、四顆雞蛋。哎，先就近解決再說吧。我心想。注意到咖啡館斜對面這間鐵皮單層建築。雖然它一直存在於那個位置，也雖然我經常坐在這兒喝著咖啡看著落地窗外的世界，但或許是太注意觀察人，並未留意鐵皮建築。當然，偶爾還是會打從它前方經過，但因爲它的陳設極爲簡陋且隨便，所以並沒有什麼特別容易吸引我注意的地方，更別談什麼光顧的問題。從來看它的客人都是三三兩兩，很少滿座。也或許我來的時間都在下午的非用餐時段，所以也無法確定它的生意好壞，無法由此爲依據去判斷它食物的品質。但總之我還是存懷好奇與勇於冒險嘗試的精神走了進去。

這間做成遮蓬式的建構，外部敞向馬路開放，只有廚房的地方搭成小隔間，留下一扇窗作爲點餐用途。招牌上大大印著 SAIGON STREET，大概是店名吧。

「嗨，請問要點些什麼？」窗戶裡一個男子聲音說道，並遞出一張菜單。

我望向窗內說話的人，黑髮、天生黝黑的皮膚。當然也有可能是曬的，但看的出來他是出於先天性的那種。「越南人？」我問。是的，對方回答。

「有什麼特別的餐點介紹給我嗎？這是我第一次吃越南菜，對於你們國家的食物我不太了解。」

對方推薦雞肉椰汁麵，「我們的椰子水也不錯，是從泰國來的。」他雙手交叉、彎下腰靠在窗檯上對我說著。於是我的晚餐便是怪怪的椰汁麵和附有椰肉的椰子水。

正如我所說的，我不是一個擅於交際的人，就算是別人主動找我談話或聊天什麼的，狀況也善良不了多少。但可能是隻身一個人在外地久了，多少總會渴望有一個能說話的對象。也不是沒有交朋友，在這一年的異鄉生活，或許是被什麼不知名的東西改變了。總之，我能感覺到自己的改變。像蛇脫去幼稚的外皮而成長著一般，我也正脫著過去那張不成熟的外皮。

「這種食物吃得習慣嗎？」在我大口大口吸著滑溜的麵條時，店主走出來跟我聊起天來。我點點頭，因爲嘴裡裝滿麵條無法說話。

很自然地方式識得一位朋友，這個名叫 Marvin 的越南人。當然這是他爲方便而另外取的，就如同一個叫「林大呆」的人會有一個叫 Jacky 的英文名字一樣。至於他眞正的越南名字雖然也順口說過，但我沒記得。

Marvin 準備拿某個商學位，而因爲這個學位必須有兩年的實務經營經驗，且學費高，所以租下這個店面做起生意。Marvin 蓄長及肩的黑髮及隨性的外表和性格，令人感覺容易親近。來到 SAIGON STREET 的人最後都會成爲 Marvin 的朋友，就算不惠顧點餐，經過了必然也會打聲招呼。

就在我和 Marvin 悠然地聊著時，身旁出現一張巨大的身影。

「嗨，Marvin 今天生意怎麼樣？」突然出現的人說。聲音聽起來斯文而乾淨。我轉頭瞄向說話的人。他也同時望向我。四目交接。突然，我感覺有什麼不知名的東西，一種類似電流的高伏特在我身上流過。心臟強烈地拍打著。

「天哪，這又不是電影或情愛小說。這不是現實人生會發生的事。這不是一個實際主義者會有的感覺……」我心中不斷找理由推翻方才的情觸。雖然我也看見了對方那雙透澈的藍色眼睛閃耀如星的光芒。

我低下頭繼續飲著我的椰子水，藉以掩飾自己的羞怯。聽著 Marvin 和他的談話。

「今天沒有 case 嗎？」Marvin 向他問道。

「早上就拍完了，下午休息。」

我夾在他們中間，既難為情又尷尬、不知所措。正打算離去，Marvin 揪著我急忙介紹著：「Orville。是我最好的朋友。是幾個知名品牌的牛仔褲、休閒服的專屬 Model 哦。」

「嗨。」Orville 說。我以點頭微笑回應。仔細看，他的外表其實和他的聲音一樣斯文而乾淨，給人一種舒服的感受。與印象中那些電視中、雜誌裡的職業模特兒神聖不易親近的感覺迥然不同。他的感覺比較接近生活。柔軟而直順中分的金髮、白裡透紅的皮膚、水藍色清澈的眼睛。一件深藍針織衫、淺灰及膝短褲和涼鞋，肩上負背一個大背包，很America的裝扮。

他來美國已經九年多了，一直都做著模特兒的工作。法蘭西人，家當然也在法蘭西。目前單身，沒有女朋友。」Marvin像是個推銷員似的對我做著這個Orville商品的介紹：「他個性其實有點兒害羞的，雖然一般人對法蘭西人都有熱情、開放的聯想。」在Marvin的推銷術發揮一半的地方（時間），因爲顧客上門而支開了呱噪不休的越南人。

隨著Marvin的離開，感覺空氣被什麼不知名的東西給凍結了。時間依然繼續，但空間卻凝結固定著。也或許被凍結的只有我一個而已。

「你……住附近？」Orville問。

「嗯。」我望了他一下回答，卻不敢直視他的眼睛。

彼此沉默了，不知該說些什麼，有點尷尬而難爲情。他看著我。我看著灰色的地板。

「還在唸書？」他問。打破尷尬的沉默。

「不，工作。」

又沉默了。

「從小在這兒生長？」Orville又問。

我搖搖頭，「才來洛杉磯一年。」

再度陷入沉默。

我看看手錶。其實根本沒注意到時間，只是做著看錶的假動作。「我該走了，還有事。」這次換我打破沉默。我揮手道別然後離開。

才走幾步，Orville在我身後大聲說道，像是突然想起什麼必須做而忘了做的事：「你的名字，我還不知道你的名字！」他急忙跑出鐵皮屋。

我從口袋拿出一支筆將名字寫在他的掌心，「可以了嗎？」我說。他點點頭。我再次鄭重道別離去，仍然可以感覺身後他注視著我離去的目光。

這世界眞有一見鍾情的事？在回途中心裡不停地在做這方面的思考，縈掛著方才發生的不可相信。我的理性不斷反駁著感性。Orville水藍色眼睛一直停留在腦海閃耀如星的銀光。不可能，全是自己的多心與錯覺。心裡隨即又如此反駁自己。一直想著法蘭西人的事，到踏進家門時才想起好像有什麼正事忘了做……哎呀，我的食物！趕緊將脫了一半的鞋再穿回去。以跑步的動作到地下室停車場發動車子上超級市場添補下半個月的生存食糧。

***** *****

SAIGON STREET的陳設雖然簡陋，但餐品卻是經濟實惠，所以客源不斷。多數集中在中午與傍晚的用餐時段。而我也成爲它的慣客之一，雖然這才是第二次的惠顧。

「今天吃什麼？和上次一樣，椰汁麵、椰子水？」Marvin的記性實在好得沒話說，距離上次已經有一個禮拜，他仍可以叫出名字並記得上回的點餐。這種先天的優點，不禁令我又羡慕又欽服。

我說好，並向店裡左右顧看。上次的法蘭西人不在。在窗口領了自己的晚餐便坐往上次同一個位置安心地吃起麵條。爲什麼法蘭西人不在才能安心吃麵？我對自己的想法與心態覺得莫名其妙又可笑。

Marvin在廚房裡忙著。只聽見他和另一名男子沒間斷地說著話。雖然如果想聽還是可以知道他們的談話內容，但我對別人的隱私一點兒也不感興趣。比起偷聽別人的事倒不如做自己有興趣的習慣——觀察人群還來得衛生而好玩得多。

我很用心而努力吃著我的雞肉椰汁麵。因爲覺得面朝著車水馬龍的大馬路吃東西很怪，所以是朝裡側廚房坐著，但距離廚房仍有一段相當的距離。當我安心吃著，發現廚房裡的對話不知何時靜止了，而門口正有一個人靜靜佇立著凝望著我。是在看我嗎？我心中質疑，左右看沒有其他人吶，那是在看我沒錯吧？還是我背後馬路上什麼人或車呢？我儘量不讓自己太去在意那個人的事。但話雖如此還是會頻頻抬頭看他是否還向著這裡望，一頓飯吃下來並無法專心。是認識的人嗎？可是不記得認識這麼一個人啊。我心裡想著。索性放下筷子不吃了，看仔細那個人到底是不是認識的。因爲實在有一段距離，雖說不是很遠，但因爲視線偏暗，被房子的陰影遮蔽了臉的部份，所以就算直盯著看了五分鐘之久還是無法確定。

身後一輛汽車疾駛而過，將陽光強烈地反照在那個人臉上。是個穿著時髦的白種人。皮革咖啡色外套、黑色緊身褲，外套的拉鍊開著露出背心和帥氣的頸飾，他以髮膠之類的東西將頭髮整齊地往後梳。突然心頭像被針刺了一下似的跳動、驚愕。

是他？我根本不敢也不能確定。因爲對他的印象只剩下感覺而已，至於長像、聲音甚至是名字一樣也記不得。我的記性就如同我的外交手腕一樣，差得沒話說。

「到底是不是……」我心裡不斷不斷不斷反覆扎掙不確定著。

可能是對方先受不了這樣「對望到世界末日」的模式，信步走到我身旁。

「嗨，記得我嗎？」

「你是……O……Orvi……」我好像有那麼一點點記憶恢復。

「Orville」他像是與我有著默契似的，知曉我必然無法記得這許多而替我答道。

「你可否等我一下。只要一下，不到三分鐘的時間，可以嗎？」

Orville說。我猶豫了一會。好吧，我說。

他馬上飛也似的朝街的另一邊跑去，不用幾秒時間便不見了。

果然過了三分鐘，甚至不到，Orville喘吁吁地跑回來。

「這是給你的。」他遞來一枝很美的玫瑰。香檳紫色的。玫瑰呈微開狀態，花苞有拳頭大，每片花瓣的沿邊像蕾絲似地彎曲得很美並於此處顏色淡成溫柔的粉紅。花美得讓人不敢相信它是活的、是真的。

「我看見它和你很像，所以買來將它送與你。」Orville說。

任是誰在這時刻都會感動。曾經幾度，我懷疑自己也變得像桀剛一樣冷血，對世界、對人生都失去感覺。但因爲 Orville 的出現讓我發現、了解自己的血其實還是溫熱著的。

「謝謝。」我說，已經能夠感覺自己的臉連著身體都在發燙。我看著 Orville，他的耳頸也正紅著。

我帶著這朵玫瑰讓 Orville 送我回去。沿路上我們都沒說話，兩人都持續著發紅的臉。

「好美的玫瑰。這是眞花嗎？還是人工塑膠製品？」與我們擦肩而過的一位中年婦女問道。

「是眞的。」我和 Orville 同時回答。婦人要求要輕輕摸一下花才相信。

「果然是眞的。」婦人說，「美得令人很難相信是活著有生命的。」我對婦人笑。

「你很幸福，有一個不錯的男朋友哦。」婦人說。Have a good day，婦人說著笑著離去。

Have a good day，我回說。隨後與 Orville 對望。臉依舊發燙。

Orville 堅持要送到我三樓住處的門口。隨著乘搭電梯到三樓才依依不捨的離開。

和 Orville 熱戀了。感情走了一個多月。某一個夜裡和 Orville 做完愛，我躺在他懷裡，他摟著我、手指撥弄著我的髮很平靜地對我說：「和我回法蘭西，回我故鄉、我的家。」

我很驚訝地抬起頭看他，「你是說眞的還是開玩笑？」

「我是認眞的。」平時幽默喜歡笑鬧的 Orville 在此時神情顯得鄭重而嚴肅。他是眞的認眞的。我很知道。

我愛Orville。我很清楚自己的感覺。但卻不知道爲什麼我認爲自己不能和他去法蘭西。

「嫁給我！」他說。在我額、頰及唇親吻著。我沒回答。其實我大可以暫時的敷衍答應Orville的求婚，這也是我這種浪女性格的人很容易做到的。但就Orville不行，我既不能假裝允諾也無法拒絕。因爲我愛Orville是事實。

然而，我的理性將愛與婚姻界分得太過詳細、太過清楚。以前其他的男友只到喜歡的程度，根本算不上愛，所以壓根與結婚搭不上念，儘管對方視我爲一輩子的對象在交往著。而到了檠剛，明白了所謂的愛，也有與他過一輩子的動念，卻清楚（發現）他是不能嫁的、是無法依靠的。現在好不容易找到了Orville，我愛他、想和他過一輩子，而他也是一個可以依靠、有責任感的男人。比起我的愛，Orville愛我更甚，甚至贏過全世界。但我卻不能嫁給他，連我自己都不知道爲什麼會有這種強烈的感覺。

我的靈魂被這種感覺痛苦糾結著。我回吻他的唇，「你想什麼時候回去？」我說。這是我迴避答案的最佳方式，既不必扯謊也不會傷害對方。其實心裡還是很想答應他的求婚，眞的很想很想，話就要說出口。但我還是清楚明白自己不能這麼做。我很痛苦，也很傷心，卻沒有表現出來。

「等我這一個CASE的排拍工作告一段落。Model的生涯無法一輩子。而且這幾年來我的錢賺的、存的也不少了。我們回法國開一間店，吃的也好、用的穿的也好，就這樣一輩子寧靜地生活。我不要你什麼，只要你的人跟我走就是送我最大的禮物與幸福。」

眼淚無法控制的流瀉。爲這話的感動，也爲自己內心的痛苦掙扎。我永遠永遠無法忘懷這一夜，無法忘去Orville對我的愛以及我對他的。「我愛你！」我在心裡對他說，平時可以容易且眞心地說出的三個字，如今卻哽在喉嚨吐不出來也吞不下去。

一個星期後，我一聲不響地消失在洛杉磯。

*****　*****

「喂，我回來了！」老鷹正做著的春夢被我打斷。他立即轉醒並發出驚訝的聲音。

「咦——什麼時候的事？怎麼沒先通知一聲，至少讓我去接你嘛！」

我和老鷹約好老地方，那間我們以前常去的PUB。店還是原來的店，但老闆卻換了、裝璜擺設也有了小小的不同。我洗了澡換上乾淨的衣服才出門，到達時老鷹已經坐在過去慣坐的位置等著了。

「景物依舊，人事全非。」我說。

老鷹笑了也知道我話中的涵意，「你走後沒多久店主也因爲移民加拿大而把店頂讓。店的生意其實一直很不錯，他捨不得讓給外人，畢竟共甘苦這麼久也有了感情。所以啦，把它賣給自己的妹婿，自己回國玩或探親時也可以順道回來敘舊。」

老鷹以一種觀測性的眼神望著我又說：「你也是呀！容顏依舊，情性全非。」

「什麼時候回來？都沒給通知想必是臨時決定的吧。又是什麼原因讓你做這決定？依你的個性，必然也又是因爲感情吧。」老鷹說。

「話都被你說完了，我也不必再費唇舌一一作答啦！」我坐在吧檯的高腳椅上轉來轉去。

「其實回來已經快一個禮拜了，總得將心情調適整理清楚才有多餘的力氣聯絡你們這些老朋友呀。」

「我不在的一年多裡過得還好吧？對不起這段時間沒信也沒電話給你」我說。因爲 Orville 的波流尚未完全平覆，在情緒上根本 High 不來。我想，老鷹必定聽得出來。

老鷹點點頭說：「再怎麼樣也比不上你的辛苦。」喝一口啤酒伸展懶腰又接著說，「人生樂事酒足飯飽，什麼情情愛愛不過自尋煩惱罷了。來者自來，去者又何苦強留。阿彌陀佛。」他手指攤直做了一個佛揖。

「是是是，大師指點得甚是道理。但尊非弟子亦不涉紅塵怎知紅塵苦。」我學著老鷹的口吻說。

老鷹搖搖頭笑道：「萬法爲心造！」

「老套了，先生。」

「雖然老套，但確是亙久不變的眞理。」

我嘆了一口氣，思緒又跌進太平洋的彼岸。眼睛俯視吧檯桌面煙灰缸上燃燒著的煙。冉冉飄升的煙化作 Orville 的模樣。我看見他用往日那如朝陽般的笑顏凝視著我。心頭頓時遭受動搖，多麼想他此刻就在身邊！多麼想不管這一切感覺的事追隨他回去法蘭西！然而這一切已無法再回頭、再挽救，因為我已作下決定，並隨著決定回來了這裡。不，還是可以再回去，再重新回到他身邊。我知道 Orville。我知道他現在必然正為我的消失傷心著、痛苦著，並等著我再度回到他身邊。他也必定自責，必定不能相信與承擔我離開消失的事實。

不知什麼時候眼睛溼了。老鷹看見我這副模樣不禁嘆道：「我很明白你的個性，註定一個受困於情。既多情亦重情。所以無論你或躲或逃到天涯海角都會這般辛苦。」老鷹問我抽不抽煙。戒了，我說。

「點這支煙只為了看它、欣賞它……」

我越說音量越微弱，哽咽著繼續說完：「……然後……想他的事……」

老鷹又嘆一口氣。

「我在等你說。」他沉默了一會兒，像在等著我哭完似的。

我將在洛杉磯的生活、境遇和 Orville，一切的一切訴與老鷹。說到愜意處便神態自若，說到甜蜜處則喜色滿顏，說到傷心欲絕處便潸潸淚落不止。說完，彼此靜默了一會，我平復情緒後，他說：

「這讓我想起一件事。」

「什麼？」我說。眼睛紅紅的。

「在你回來的前不久。大概上個月吧。阿光說了你一些事情。」

「他？」我很是訝異。因爲自從幾年前離開朝代設計工作室以後便沒再與阿光有什麼牽扯與往來。除了曾經幾次回朝代去探望那裡的同事或合作一些CASE而有工作上的接觸，但那也儘只於工作上的必需而已。那還能被說些什麼呢？實在想不透。我取了張面紙擤擤鼻子：「說了些什麼？」

「一些不太好的話。」

我苦笑，「不太好的話？」更讓我想不透，究竟是什麼些不好的話？我過去曾經什麼時候招惹他了嗎？我得罪過他嗎？印象裡，和阿光吵嘴起口角的記錄可是一次也沒有過。爲什麼有我不好的話可以說？

「說吧，到底他說了些什麼？我倒想聽聽。」

「他說……」老鷹使個奇怪的眼色，「他說，檠剛對他講說是你在糾纏不放，你的糾纏令檠剛難以消受。」

「什麼？」我大聲地怪叫出來。PUB裡的人群紛紛朝這邊看。我將音量收小繼續說：「他根本……他根本……他根本就在造謠！」本來低沉的情緒立即被高升的血壓取代而忘記悲傷。

「他說是檠剛告訴他的。」

「他們根本自從朝代以後便沒再連絡。除了最後一次和檠剛復合，檠剛向我問了他的電話，因爲阿光搬地方住換了電話、也因爲我和阿光有工作上的接觸而有他的電話……但，我和檠剛的分分合合他完全一概未知。他憑什麼這麼說？憑什麼下這樣的判斷？」血壓繼續升高。

我因爲朝代的工作而認識老鷹，老鷹也因此結識阿光。我和老鷹交誼甚密，而阿光也和老鷹交情甚篤。然而我與阿光卻如何也扯不上關係。很奇怪，這實在有點兒違反「物以類聚」的原理。我與阿光總是結交上朋友的朋友，照理推論我和他應屬同類才是。A等於B，B等於C，但A卻不等於C。這不但違反生物學也違反數學定律。

「總之，我只是把他告訴我的事告訴你而已。其他怎麼樣那也是你們之間的問題。本人不作任何評論與想法。」老鷹嚴正聲明著。

酒吧裡依舊是熱門舞曲，人群一批批來去。門外是什麼樣的天氣已沒心情再去留意。心中一直想著也氣惱著阿光的事。我一直認爲是阿光的蓄意造謠，因爲我還是選擇相信檠剛，我相信槳剛不是說這種話的人。是阿光的造謠！我不斷在心裡、也向老鷹如此堅定地強調。

「然而，事隔半個月，我卻推翻了自己對槳剛的相信。我信任阿光所言，相信槳剛曾經這麼對他說。不管是什麼時候阿光聽到了這樣的話，第一次交往、第二次，甚至最後一次與槳剛的覆合，他說了這樣的話便代表著他的爲人、他的人格。所言是不是事實不重要，就算我被污蔑也好。愛情重要不在開始誰先喜歡誰或誰追誰，而在彼此相處的珍惜與感覺，重在日後的過程。「糾纏」發生在A愛B、B不愛A，而A仍然緊黏不放手才叫糾纏。這麼說來他未曾愛過我了，那我過去一直以來對他的相信究竟是什麼？他又爲的什麼回來找我？算了，就算我自作多情、自以爲是，心甘情願的相信一個破碎不健全的靈魂罷。事情已經過去那麼久，再縈掛心頭、再受困擾亦是徒勞無用。那是他人格的事，都與我無關了。都與我無關。

***** *****

在回國後的半年，我並沒有再墜入情網。並非不想再愛了，而是沒有再遇到一個能令我愛上的人。這一段時間裡我一直思考著自己的改變。我不知道改變在哪裡，也不知道問題的根源。檠剛的事、Orville的事、阿光的事。過去我戀愛、交往的基本要件是彼此相愛。我不能忍受自己愛上的人不愛我（也很幸運的從未遇上這種狀況），也同樣無法接受一個自己不愛的人，不管對方如何深愛我。然而不知爲何，我竟然和一個我不愛的人交往起來。

每個星期至少做三次愛。以三十六歲的男人來說，能夠保持這樣的性能力已經很不簡單。雖然有人會說：次數多而不精，草草了事，就算一個星期十次也算不了什麼噢。但他卻不是這種。他是屬於眞的很有能力的那種。我喊他性伴侶，他卻叫我愛人。他愛我而我不愛他的事實，他自己也很明白。

三十六歲的性伴侶是一個幽默風趣的人，有時他也會以自己的性方面的自信開玩笑，「什麼威而鋼，不必了。我就是威而鋼！」這是他的習慣性用語。

「總之，過了而立的年紀也懶得再去多想什麼了」至於滿足不滿足的問題也同樣不再去想。回頭看看許多事，想法與心境也多有不同。我究竟譜成什麼樣的人生？偶爾還是會這樣問自己。但將來，將來的事什麼也不想再思考，期待、害怕或擔心自然也沒有。不是沒有這些問題，而是沒有這些感覺。自然會有一個我不愛的人順利交往也沒什麼好稀奇、訝異的。我正過著的是一個什麼樣的生活呢？我很清楚自己所走的路、所做的事。我的靈魂依然存在，我的肉體也能感覺它的存在，它們是並存的。我仍然是有血、有淚、有情、有愛。然而，不同的究竟是什麼？現在的人生又是什麼？我卻弄不明白。我很清楚卻不明白。這個邏輯或許很難懂很不可理解，但那正是我目前正處立的狀況。

南極企鵝突然消失了！

經過這一個多月來的相處，我和企鵝的感情與默契可說是越來越好了。每一到夜晚牠負責吃著我所製造的寂寞，而我則專心寫我的文章。寫累了就停筆休息與牠聊著過去或現在的事，或聊訴心情，歡笑悲傷無所不談。而我也不再問、不再查關於企鵝的事，因為牠說那些不重要，重要的是我的寂寞，牠是爲此而來這世界。既然企鵝說不重要那麼我也只有認同、尊重牠了。

「嗨，天空很藍喏。」我說。企鵝看了我一下。

「我知道　知道呀」

「空氣很清新喏。」我又說。牠又回望了我一眼。

「知道　我知道呀」

「這個世界很美好，未來充滿希望哦。」

這回企鵝沒回答我，反而以一種摸不著頭緒的眼神歪著頭看過來。

「怎麼，不認同嗎？」我說，看牠沒有回答。

「你今天心情　今天感覺心情很好　你今天心情很好噢」

我傻傻的對牠笑。

「怎麼　怎麼了有什麼值得　什麼事值得你這麼高興讓你這麼高興」牠好奇的問。

「沒什麼。」我說，還傻傻的笑。牠一副不可置信的模樣。我見牠如此，感覺牠的模樣非常可愛，我說：「眞的沒什麼嘛。不過是突然覺得能活著眞好、能遇見你眞好、能感受這世界、這人生眞好。」不是蓋企鵝的，我眞的突然有這樣的感覺。儘想過去種種，悲傷總比快樂多，但那只不過是因爲人不願意承認、承擔悲傷，所以往往悲傷的記憶比快樂深刻。因爲人們（當然也包括自己）認爲，快樂是理所當然發生的。而且快樂讓人不在乎時間的存在，儘管實際上快樂的時間與機會總比悲傷的時間與機會多，但由於太注意太在乎悲傷的部份，所以才有所謂的「悲苦人生」的名詞，才有所謂「悲觀」的概念存在吧。但總之，人生的快樂還是比悲傷多，只不過比起快樂，人們比較不能接受傷悲罷。

「我該走了　該走了」企鵝突然對我這樣說。

「要回去了？天色不是還沒亮嗎？距離破曉還有好幾個小時的時間呀，你不是才來沒多久嗎？」企鵝很少這麼早離開，可以說是幾乎沒有過。

牠搖搖頭一句話也不說地跳下書桌，左搖右晃的向窗口走去。到了窗邊，牠跳上窗檯站在那兒回望了我一下。我感覺牠這回望的動作與眼神似乎有著什麼蘊意，一種我所無法理解的含意。

「喂，你眞的要走了？就算不吃寂寞了，我們還是可以聊聊天什麼的呀。」眼看企鵝就要跳出去，我趕緊跑向窗戶的地方欲要阻攔與挽留。其實牠本來就大可不必這麼早離開，過去也曾經發生過類似沒寂寞可吃的狀況，但那時還不是繼續留下來了，為什麼這次卻要走呢？

企鵝就要跳出去的姿勢暫停下來，牠站在窗櫺對我說：「不是因為　不是沒有寂寞可吃　不是沒有只是　只是你已經不需要我　不需要我的存在　我的存在了」企鵝的表情很嚴肅，而這嚴肅卻也與以往的所有嚴肅都不同。好像彼此是全然陌生的兩個人似的。

「我不懂。為什麼？我沒說不需要你呀，更何況你是我最好的朋友。」

「將來　將來你自然會懂有一天　有一天你自然會懂這一切一切關於　關於我的出現　我的出現及離去　出現及離去甚至一切過程的地方你都　你都自然會懂」說完，南極企鵝噗一聲跳下，消失在街的半空。

雖然過去曾經在一開始的時候很討厭企鵝，覺得牠的存在令我非常困擾。但那已經是過去的事，難道牠一直記掛於心然後在一個月後的今天以這種方式懲戒我嗎？對不起，我往企鵝消失的地方大聲喊道。雖然心裡仍不明白南極企鵝所說的原因。或許是因為自己做錯了什麼事或說錯什麼話，除了這個就再也想不出其他原因。

*****　*****

南極企鵝消失已經有七天了。

首先的兩天我以「那天牠是在開玩笑」的想法，等著企鵝一如以往出現在我桌前。但苦苦等候了兩夜卻沒有企鵝的蹤影。而在接下來的第三、第四……到第七天的晚上，我的耐心一點一滴地為夜晚的鐘擺聲啃食著。南極企鵝說走就走，原來的難過與自責現在為生氣企鵝不明究理離去的情緒所取代。將來自然會懂？我不明白牠所說的「會懂」的事代表著什麼。既然是我能懂的又為什麼不能現在就懂，而非得到以後呢？這樣突然的出現把我生活搞得一團亂，等到我漸漸習慣了牠的存在，甚至喜歡牠的存在了，牠卻「噗」地消失。就這樣丟下我一個人擔心著、想著牠的話困惑不休，這算什麼。我在心裡暗暗臭罵南極企鵝。

「既然牠在我這出現，那麼必定也會在這附近的什麼地方溜躂或再出現在誰的桌前、床邊吃著別人的寂寞吧。」我心中這麼猜想。於是起了尋求南極企鵝的念頭。

台北的秋天和夏季其實並無太大差異，只不過就夜晚來說比較涼爽些。每一到夜的來臨，我便開始在台北的街道巷弄裡漫無目的的穿梭，向每一扇點亮的窗尋望企鵝蹤跡。今夜亦如是。披上一件 Adidas 運動薄外套便開始（繼續著）第四天的尋找。一扇扇窗裡晃動的人影就是一直沒有南極企鵝的下落，這樣如海底撈針般找尋法或者就這樣一直地無止盡地一生尋覓下去也找不到南極企鵝。我該放棄這種不一定會有結果的愚蠢舉動嗎？我心理左右爲難猶豫不決。想起了企鵝消失前所說的話。果眞如此牠的本身並不重要，重要的是牠的出現與消失，更重要的是這一切過程？牠的出現究竟是要帶給我什麼樣的寓意與啓發？雖然現在我仍爲牠含糊未明的所言弄不清頭緒，但我深深相信會如企鵝所說，將來終有一天我會明白這一切。

我放棄找尋南極企鵝的念頭打道回府。雖說是放棄了，但還是存懷著一絲絲期望，期望在我踏進家門切開照明時看見牠依如往常的坐在案頭「呼哩哩嚕嘎——」的等著我回來。走入玄關、脫鞋、開燈，企鵝並未在桌前或檯燈上。望著空蕩蕩的屋子，心中不禁泛起一波失望、一波落寞又一波孤寂。企鵝就眞的就這麼一走了之了？

「喂，老鷹。南極企鵝眞的消失了。」我失望地打給正在熟睡的老鷹，聲音略帶幾分疲累。

他睡夢未醒地「啥？」了一聲，有氣無力的。我將話重覆了一遍。老鷹看看掛在牆上的鐘，打了一個大大的哈欠：「小姐，現在幾點你知道嗎？你的工作自由，可我還得一早出門上班呀。」他的聲音比起我更疲倦幾分，又帶些許無可奈何，「什麼南極企鵝，你什麼時候養了我是不知道。但可不可以讓我先睡，一切等到⋯⋯等到我去了公司再打給你可以嗎？」

我沉默不語。

「好啦好啦我知道，南極企鵝嘛。我現在就過去，陪你出去找可以了吧。」

「不用了，我剛剛才從外頭回來。已經找了四天了⋯⋯」我說。老鷹並不知道關於南極企鵝的事。我從未向任何人提起，就算是別人突然地談論企鵝的事（是真的企鵝，而不是我的企鵝）我也儘量避諱不談。我猶豫了一下，要不要向老鷹說明南極企鵝的事呢？

「欸，我告訴你一個很奇怪的遭遇⋯⋯是關於南極企鵝的⋯⋯」我以神秘的語調對電話另一端的老鷹說。

在南極企鵝突然消失後的一個秋天，我一個人獨自在台北西門街頭無意識地走。入夜的Window Shopping並不能爲我的空虛帶來滿足感。所有的專櫃與店家都配合著大型百貨商場的營業時間早在十點至十一點左右紛紛結束營業。而在燈光一一暗逝的台北街頭，秋風蕭瑟，又添幾分落寞與愁愴。雖然企鵝的事已經不再那麼掛記於心，但偶爾還是會想起企鵝。只是偶爾單純的想起牠而已。

我開始有點明白企鵝離去前所丟下的話，重要的是一切過程。就如同過去那些困擾、糾纏未果的感情，重要的是它帶給我什麼樣的成長，造就一個什麼樣的現在的我。這便是企鵝所隱寓的重要吧。

我轉入一個小巷子，在巷邊的麵攤一屁股坐下叫了碗餛飩麵和滿桌子滷菜。

「小姐，你一個人吃得完噢？看不出你個頭小小食量卻挺大的——」老板送來最後一碟燙青菜對我投以不思議的眼神說。我笑以爲答應。

就心理學我很明白這是一種暴食症傾向。據說已逝世的戴安娜王妃就罹患嚴重的暴食症，利用不斷地進食、過量飽足以致嘔吐的循環作用精神壓力的發洩。據調查現代人絕大部份多多少少都患有此症狀，某日在電視上看到一位醫學人士這麼說，這是都市人的文明病之一。事情就是這樣，都有好與壞的面同時存在，只是依據它的分占比例來判定它是屬於好的或是壞的那一邊，而往往有時一件事的好與壞人們並不是能清楚看見全部，甚至有時只能看見其中一面而妄下定論。這是人性的迷思。不否認，有時自己也同樣會犯下同樣這樣的錯。文明爲人類帶來許多便捷與進步，相同也給與人類許多負面影響效果。

我將滿桌子飯菜全塞進小小的胃袋，迅速地，然後結帳離開。走不到一百公尺路開始感覺胃裡的食物起鬨翻攪激烈難以忍受，就這樣適才吞下的立即被退貨一半。就當我嘔完起身以面紙拭嘴的同時，前方一個熟悉的身影吸引我注意。我往前幾步定神仔細瞧看，竟是……是一年前突然消失的企鵝？牠神色慘黯無力地倚坐在巷道深處一處陰晦的角落，呼吸極其微弱。看起來像一個被丟棄的破舊玩偶，全身髒滿泥土。

「喂，你沒什麼事吧？」我趨近南極企鵝身邊，蹲下身向牠問道。我用手撫摸牠的額頭，驚訝於企鵝冰冷得幾乎沒有溫度可言。就所記得的，南極企鵝再如何病著、體溫如何降低了，多少還會有點溫度。我想起第一次見到南極企鵝時彼此的對話。

「我終於明白了，關於你的出現與消失，關於這一切過程……謝謝你……你並不是什麼不吉利的東西，你是世界上唯一無二的企鵝，南極企鵝。」我說，握著牠的翼。

南極企鵝緩緩擡起頭看著我，眼睛中閃爍淚光。牠並沒說一句話或發出任何聲音，只是靜靜看我。感覺我和牠像是兩個不同次元的存在，雖能相互看見，卻只能相互看見對方而已，其他關於另一次元存在的世界一切都無法感受到，聲、味、以及所見的對方之外的其他。南極企鵝縮回牠的翼面露出微笑。那笑像是也了解這一切、並欣然我的言語似地，有著一種說不出的超然感。南極企鵝也在此時身體的顏色漸漸變淡、變透明，牠的臉依然保持著那樣的笑容看著我，一直到牠完全透明、消失爲止。

「再見。」我說，對著企鵝消失的地方。感覺自己的眼眶也濕了一攤淚。我想，如果牠消失而能在另一個地方出現，也或者牠眞的就此消失在這世界，必然亦是超然地笑著吧。

「呼哩哩嚕嘎——」我說。

天色微明，又襲來陣陣涼風。我聳聳肩、拉緊衣領，將外衣的拉鍊拉上。麻雀已經開始在四周活動，吱吱啾啾地叫著。

終章。失散的貝殼。

在人與人之間一直存在著這樣一種傳說。在出世之前本是完整的一個個體生活在另一個被取名為「天堂」的空間、次元、世界，而在分配落凡時，上帝為給予考驗而將其切分成兩半放入人世。就如同一個完整的扇貝被掰成兩片丟入茫茫大海。要我們彼此相互找尋。而在這宿命地尋找當中，必然重重困難與顛簸，也有合上另一片的錯誤的貝的時候，但不管如何，這兩片各是一半的貝殼終有一天會相遇並合而為一。

偶爾，我會想起這個傳說。我在茫茫大海中尋找了三十多年，雖然另一半失落的貝尚未出現，但我相信真如這傳說一樣，終有一日，終有一日我們會相遇、會相互找到彼此成為一個完整而美麗的扇貝，在陽光下閃耀爍爍銀光。

南極企鵝的事我將它做一個完整的紀錄寫成這本書，在牠出現以前及以後一切相關的。除了我也讓人們從這其中對自己的人生得到一些什麼樣的啓發與聯想。或許有用，也或許有的覺得「沒感覺」。但如果沒感覺的話就當作茶餘飯後的休閒閱讀吧。我不過於此竭心盡力地搖著筆桿，這只是利用工作之便利爲南極企鵝做一點事罷了。

＊＊＊＊＊　＊＊＊＊＊

「我們結婚……」三十六歲的性伴侶在床笫愉歡之後對我說。我點起一支煙沒說話。

「你不是已經有了我們的……不如我們結婚將他生下好嗎？」性伴侶說，似乎在擔心害怕些什麼似的語調小心翼翼的模樣。

「你知道的，我——」「我知道。你根本從來沒愛過我，但我愛你，而且我是負責的男人吶。」他不等我說完，緊接上我的話又說

「再說吧。我現在不想談這些。」我冷漠地將煙捻熄，拉上被毯背著他倒頭就睡。其實我並沒有眞的睡，只是做著睡的樣子結束我不想繼續的談話。自己心裡早已經有了一切打算，

誰都無法動搖與改變我的決定。

他也隨我躺下。我可以聽到他面向我輕聲嘆息，因怕讓我聽見而將音量壓得極低。他的呼氣吹在我的脖頸上熱熱的，感覺得出他想著、惱著事情，呼吸因而顯得不規律。

我的故事仍在繼續，因爲至今我仍未找到自己失落的另一半扇貝。在那兒裡呢？他也正在找尋我吧？

1 0 5 台北市南京東路四段 25 號 11 樓

廣 告 回 信
台灣北區郵政管理局登記證
北台字第 10227 號

大塊文化出版股份有限公司　收

地址：＿＿＿市／縣＿＿＿鄉／鎮／市／區＿＿＿＿路／街＿＿＿段＿＿＿巷

弄＿＿＿號＿＿＿樓

姓名：＿＿＿＿＿＿＿＿＿＿

請沿虛線撕下後對折裝訂寄回，謝謝！

大塊 LOCUS 文化

編號：CA 25　　書名：南極企鵝與我的對話

讀者回函卡

謝謝您購買這本書，爲了加強對您的服務，請您詳細填寫本卡各欄，寄回大塊出版 (免附回郵) 即可不定期收到本公司最新的出版資訊，並享受我們提供的各種優待。

姓名：＿＿＿＿＿＿＿＿＿＿＿ **身分證字號**：＿＿＿＿＿＿＿＿＿＿＿

住址：＿＿＿＿＿＿＿＿＿＿＿＿＿＿＿＿＿＿＿＿＿＿＿＿

聯絡電話：(O)＿＿＿＿＿＿＿＿＿＿ (H)＿＿＿＿＿＿＿＿＿＿

出生日期：＿＿＿＿年＿＿＿月＿＿＿日

學歷：1.□高中及高中以下 2.□專科與大學 3.□研究所以上

職業：1.□學生 2.□資訊業 3.□工 4.□商 5.□服務業 6.□軍警公教 7.□自由業及專業 8.□其他＿＿＿＿

從何處得知本書：1.□逛書店 2.□報紙廣告 3.□雜誌廣告 4.□新聞報導 5.□親友介紹 6.□公車廣告 7.□廣播節目 8.□書訊 9.□廣告信函 10.□其他＿＿＿＿＿

您購買過我們那些系列的書：

1.□ Touch 系列 2.□ Mark 系列 3.□ Smile 系列 4.□ catch 系列

閱讀嗜好：

1.□財經 2.□企管 3.□心理 4.□勵志 5.□社會人文 6.□自然科學 7.□傳記 8.□音樂藝術 9.□文學 10.□保健 11.□漫畫 12.□其他＿＿＿

對我們的建議：＿＿＿＿＿＿＿＿＿＿＿＿＿＿＿＿＿＿＿＿

＿＿＿＿＿＿＿＿＿＿＿＿＿＿＿＿＿＿＿＿＿＿＿＿＿＿＿＿

＿＿＿＿＿＿＿＿＿＿＿＿＿＿＿＿＿＿＿＿＿＿＿＿＿＿＿＿

國家圖書館出版品預行編目資料

南極企鵝與我的對話／韓以茜文．圖——
初版——臺北市：大塊文化，2000［民 89］
面；　公分．——(catch ；25)
ISBN 957-0316-15-2 (平裝)

857.7　　　　89006708

LOCUS

LOCUS

LOCUS

LOCUS